LES OLIVIERS DU NÉGUS

DU MÊME AUTEUR

Romans

Cris, Actes Sud, 2001 ; Babel nº 613 ; "Les Inépuisables", 2014.
La Mort du roi Tsongor (prix Goncourt des Lycéens, prix des Libraires), Actes Sud, 2002 ; Babel nº 667.
Le Soleil des Scorta (prix Goncourt), Actes Sud, 2004 ; Babel nº 734.
Eldorado, Actes Sud, 2006 ; Babel nº 842.
La Porte des Enfers, Actes Sud, 2008 ; Babel nº 1015.
Ouragan, Actes Sud, 2010 ; Babel nº 1124.
Pour seul cortège, Actes Sud, 2012 ; Babel nº 1260.
Danser les ombres, Actes Sud, 2015 ; Babel nº 1401.
Écoutez nos défaites, Actes Sud, 2016.

Théâtre

Combats de possédés, Actes Sud-Papiers, 1999.
Onysos le furieux, Actes Sud-Papiers, 2000 ; Babel nº 1287.
Pluie de cendres, Actes Sud-Papiers, 2001.
Cendres sur les mains, Actes Sud-Papiers, 2002.
Le Tigre bleu de l'Euphrate, Actes Sud-Papiers, 2002 ; Babel nº 1287.
Salina, Actes Sud-Papiers, 2003.
Médée Kali, Actes Sud-Papiers, 2003.
Les Sacrifiées, Actes Sud-Papiers, 2004.
Sofia Douleur, Actes Sud-Papiers, 2008.
Sodome, ma douce, Actes Sud-Papiers, 2009.
Mille orphelins suivi de *Les Enfants Fleuve*, Actes Sud-Papiers, 2011.
Caillasses, Actes Sud-Papiers, 2012.
Daral Shaga suivi de *Maudits les Innocents*, Actes Sud-Papiers, 2014.
Danse, Morob, Actes Sud-Papiers, 2016.

Récits

Dans la nuit Mozambique, Actes Sud, 2007 ; Babel nº 902.
Les Oliviers du Négus, Actes Sud, 2011.

Littérature jeunesse (album)

La Tribu de Malgoumi, Actes Sud Junior, 2008.

Beau livre

Je suis le chien Pitié (photographies d'Oan Kim), Actes Sud, 2009.

ISBN 978-2-330-01507-7

LAURENT GAUDÉ

LES OLIVIERS DU NÉGUS

récits

BABEL

LES OLIVIERS DU NÉGUS

Pour Elio, Anna et Théo,
puissiez-vous être toujours libres,
regardant le monde sans peur
et avançant dans votre vie avec joie.

A cet instant précis, je pense au tombeau vide de Frédéric II, ce grand catafalque de marbre polychrome qui trône dans la cathédrale de Palerme, porté par quatre tigres, et qui, sans que personne ne le sache, ne contient, depuis des siècles, que du vent et un fond de poussière. Je suis sur la via Partenope, à Naples, j'ai devant moi le spectacle étincelant de la baie, mon téléphone a sonné, je me suis immobilisé et la voix d'Elena m'a tout de suite frappé par sa tristesse. "Le Négus est mort", a-t-elle dit. Je n'ai rien répondu. La baie est toujours là, les barques vont et viennent, sortant doucement du port de Santa Lucia et les enfants, infatigables, jouent comme des loutres. Mais en une seconde, la beauté s'est envolée, ou plutôt, je m'en suis éloigné et ne la ressens plus. Pendant toute la marche qui me mène à l'hôtel, je pense au tombeau vide de Frédéric II. Je suis triste à mon tour, de cette même tristesse que j'ai perçue dans la voix d'Elena. Je n'ai dit qu'un mot, celui qu'impose l'annonce de toute disparition, j'ai dit simplement "j'arrive". La mort convoque. C'est ainsi. Elle nous écarte pour un temps du rythme du monde et nous met en arrêt. Je veux être là-bas, avec ceux qui me sont chers. Je veux me pencher sur le vide que laisse la mort comme on le fait en haut d'une cascade, les oreilles bourdonnant du fracas des eaux, essayant en vain d'apercevoir l'abîme, plein d'un respect peureux face à la beauté des choses et leur caractère immuable. Je veux être à Peschici, sur ces terres qu'il a tant aimées et qui l'ont, elles, tant humilié. Si la terre peut cracher, elle le fit sur cet homme qui n'aimait rien tant que le silence des champs d'oliviers. Le Négus est mort. Je repense à son visage strié de rides, à sa voix rauque de fumeur de tabac, à ses yeux bleus qui illuminaient son visage lorsqu'il riait ou qui lui donnaient un air d'oiseau de proie quand il serrait les mâchoires. Je repense à ce vieil homme de quatre-vingt-douze ans qui vient de mourir et je me hâte comme si, en me pressant, je pouvais espérer arriver au village à temps pour sentir encore quelque chose de lui, un parfum, un souvenir, avant que tout ce qu'il a été ne s'évanouisse définitivement, dans la chaleur hébétée du mois d'août.

Je roule sur l'autoroute, dépassant Avellino et Candela. Dans la grande plaine de Foggia, c'est à nouveau à ces deux personnages que je pense : Zio Négus et Frédéric II. Ils sont liés. Tous deux ont parcouru ces terres. Tous deux ont été fous au point de faire trembler les hommes qu'ils croisaient. Zio Négus parlait sans cesse de Frédéric II. Il le faisait avec fièvre comme si ce nom excitait en lui une joie nerveuse. Il le faisait en pointant du doigt les rues alentour et les places. "Tout s'est passé là, disait-il sans cesse. Chaque pierre porte la trace de son passage."

Je me souviens de la première fois où je le vis. Il parlait déjà de Frédéric II mais je ne le compris pas. C'était la deuxième année où je venais à Peschici. Nous séjournions, Elena et moi, chez Zia Mattea. Un jour où j'étais resté seul dans l'appartement, vers cinq heures de l'après-midi, on avait frappé à la porte. J'avais ouvert et m'étais trouvé face à un vieil homme, d'environ quatre-vingts ans, encore grand, qui portait une canne et était habillé avec élégance d'une belle chemise pas tout à fait repassée mais propre. Il s'était mis à parler mais j'avais été incapable de comprendre ce qu'il avait dit, incapable de savoir s'il avait décliné son identité ou s'il avait expliqué les raisons de sa venue. Avant que je puisse répondre quoi que ce soit et lui dire qu'il n'y avait personne, il entra et se dirigea vers le canapé. Je ne savais que faire. Il était manifestement habitué aux lieux. Je lui proposai à boire mais il ne voulait rien. Il me fit signe de m'asseoir en face de lui. Nous étions ainsi, face à face, silencieux. Comme ces minutes me semblèrent longues… Je ne savais que dire. Le vieil homme finit par rompre le silence. Il parla et j'eus à nouveau l'impression d'être submergé par un fleuve de sons étranges et gutturaux. Il parla dans un patois épais comme les soupes d'hiver dans lesquelles les morceaux de pain ont peine à entrer. Il parla et je me sentis de plus en plus perdu. Je ne comprenais rien et ne savais que dire. A un moment, il se leva. Je crus qu'il allait partir mais ce n'est pas ce qu'il fit. Il était agité. Il souleva sa chemise et entreprit de me montrer ses cicatrices : une longue estafilade sur le ventre et deux trous causés par des balles, une dans le bras droit et l'autre à l'omoplate. Je restai bouche bée sans savoir si je devais m'extasier ou prendre un air désolé. Il continua à parler avec cette même fièvre, emporté par son propre récit. Il prononça plusieurs fois le mot "Ethiopie". Il me sembla aussi reconnaître le nom de Frédéric II mais je n'en étais pas certain. J'étais perdu et je le regardais en priant pour qu'il ne me pose aucune question.

Lorsque enfin les femmes rentrèrent, Zia Mattea prit la relève et offrit à son hôte un café et un peu de son temps. J'étais profondément soulagé. Je me jurai à moi-même de tout faire pour ne plus jamais être seul en sa présence. Je ne me doutais pas que quelques années plus tard, je chercherais sa compagnie, avide des histoires qu'il racontait, désireux de rester à ses côtés pour sentir le monde grouiller. Je me souviens encore de ses yeux animés d'un éclat de fièvre et de la façon qu'il avait de prononcer ce mot : "Ethiopie", comme s'il s'agissait d'une patrie perdue ou d'un endroit qu'il ne se pardonnait pas d'avoir sali.

Je roule. Le massif du Gargano apparaît au loin, lourd et noir, comme une forteresse qui toise les voyageurs et les défie d'entrer dans ces terres du bout du monde. Je me demande si c'est ainsi que l'avait vu Frédéric II le jour où, jeune homme, il avait quitté pour la première fois Palerme, s'il avait été, comme moi, impressionné par ce bloc, pressentant qu'il allait tomber amoureux de ces lieux au point d'y faire construire plus de vingt châteaux. Et Zio Négus ? Comment avait-il contemplé ces collines, lui, à son retour d'Ethiopie, en 1938, lorsqu'il était revenu avec une maigreur de phtisique et la folie des combats dans les yeux ? Avait-il été soulagé d'être à nouveau chez lui ou avait-il pressenti, à cet instant, que sa terre natale lui cracherait dessus, que le village allait l'humilier et tout faire pour qu'il se tienne éloigné de lui, comme on pousse du pied la carcasse puante d'un animal mort ? Je ne sais pas. Je sais simplement qu'il rentra à pied, comme il me le raconta souvent, mettant plusieurs jours pour aller de Cagnano à Carpino, puis de Vico à Peschici, ce chemin que je vais faire, moi, en moins d'une heure, sous une lumière de fin de journée qui fait briller la mer. Tous les trois, Frédéric II, le Négus et moi, nous avançons vers ce petit village du bout du monde et c'est la même terre, les mêmes collines dans lesquelles il faut plonger pour se frayer un passage jusqu'à découvrir, à l'occasion d'un virage, la mer et en rester bouche bée. Il y a encore ici, dans l'air, quelque chose de ces grands fous illustres. Et lorsque je quitte Vico pour prendre la petite route qui descend à pic dans les oliviers et rejoint Calenella, j'ouvre la vitre de la voiture pour entendre le chant des cigales monter de la terre mais je le fais aussi pour entendre les cris joyeux de Frédéric II qui découvre sur son cheval la beauté des lieux, et derrière, de façon plus sourde, les cris de démence désespérée que poussait Zio Négus à son retour d'Ethiopie en se battant contre des mouches africaines imaginaires dans les champs d'oliviers de Càlena. Tout est vrai à cet instant. Tout se mêle et tout m'entoure.

Cela fait maintenant plus de quatre heures que je roule. J'ai traversé de part en part le Gargano jusqu'aux rivages de l'Adriatique et j'arrive au pied du promontoire de Peschici. Je n'ai pas envie de plonger dans le chaos des ruelles embouteillées, de retrouver la rumeur des hommes. Je veux encore un peu de silence. Alors, je choisis la route la plus longue, celle qui passe par les terres et monte au village en tournant le dos à la mer.

En passant devant l'abbaye de Càlena, je ralentis : un troupeau de chèvres traverse la route et me bloque le passage. Je souris. C'est un cadeau que le hasard me fait, un cadeau des collines. Les bêtes m'obligent à abandonner le rythme de la modernité. Je coupe le contact et ouvre la portière. C'est là que Zio Négus s'est enfermé à son retour d'Ethiopie, là qu'il a tant souffert, se tordant la nuit comme un grand brûlé, appelant les étoiles, mangeant de la terre pour se châtier de ses crimes. Là aussi qu'il a fait la connaissance de Frédéric II, qu'il l'a senti pour la première fois, comme il me le dit bien des années plus tard. L'abbaye appartenait déjà à l'époque aux Trapazzoli, une famille riche qui ne venait jamais au village et qui avait décidé non seulement de fermer l'abbaye mais d'en interdire l'entrée aux villageois. Ils l'avaient fait par paresse et par méchanceté. Ils l'avaient fait malgré les demandes répétées des villageois, puis du curé lui-même, qui, tous, les suppliaient de bien vouloir ouvrir, au moins une fois par an, ne serait-ce que le 8 septembre, pour que l'on puisse pénétrer dans la cour et célébrer Santa Maria delle Grazie… Mais les Trapazzoli avaient refusé pour le plaisir de dire non, balayant les demandes avec une moue de dégoût.

Zio Négus rentra d'Ethiopie brûlé. Il avait, disait-on, des yeux de chat fou et une maigreur de bête du désert. Très vite, les villageois s'étaient mis à murmurer que son voyage en Afrique l'avait perdu. Il tenait des propos incohérents. On l'avait entendu hurler la nuit. Il ne quittait plus, à la terrasse des cafés, un chasse-mouche rapporté de là-bas qui lui donnait un air de souverain en exil. Et surtout, il crachait par terre chaque fois que quelqu'un prononçait devant lui le nom du Duce. Quelques semaines plus tard, lorsqu'il se présenta au pressoir à huile et rappela à Mario Lucera, un homme gros, à la mine ouverte mais peureux comme un chat, sa promesse de lui donner sa fille en mariage, le propriétaire devint rouge, prétexta quelques rendez-vous obscurs et mit fin à l'entretien. La vérité, c'est qu'en l'absence de Zio Négus, Lucera – persuadé qu'il ne reviendrait jamais – avait arrangé des noces avec Antonio Galobardo. Zio Négus ne reçut jamais de réponse. Un jour, il apprit insidieusement par le barbier que Valentina allait se marier. Il se leva de son siège. Il avait encore le visage couvert de mousse à raser et un chiffon autour du cou. Il cracha par terre, ce qui scandalisa le barbier, et dit entre ses dents : "Maudites soient les filles qui écoutent leur père" puis il sortit, provoquant chez les gamins qui traînaient dans la rue une hilarité absolue. Je m'en souviens encore. Pas de cette scène qui eut lieu en 1938 et que l'on m'a racontée mille fois parce qu'elle fait partie des légendes du village, non, mais de Négus, près de cinquante ans plus tard, se penchant sur ma fille, âgée à peine de quelques mois et qu'on lui présentait pour la première fois, posant un baiser sur son doigt en ajoutant, avec sérieux et mélancolie : "Maudites soient les filles qui écoutent leur père", comme si c'était là la seule chose dont il était certain, la seule chose qu'il pouvait dire à un bébé pour le recommander à la vie.

Il est probable que la trahison de Valentina le brisa davantage encore qu'il ne l'était. Quelques jours plus tard, les villageois le virent sortir de chez lui aux aurores, un sac sur l'épaule. Il descendit la rue principale, faisant exactement, en sens inverse, le chemin que je suis en train de faire en voiture pour atteindre le village. Il alla jusqu'à Càlena. Là, il escalada le mur d'enceinte, fractura la porte et s'installa dans l'abbaye déserte. Il vécut ainsi, paraît-il, plusieurs semaines, plusieurs mois peut-être, jusqu'à ce que parvienne aux oreilles des Trapazzoli la nouvelle qu'un illuminé avait pris possession de leur abbaye. Il vécut là, seul, hurlant la nuit, faisant de grands feux dans la cour, parcourant les champs alentour, comme l'avait fait avant lui Frédéric II avec cette fièvre propre aux illuminés. Et lorsque enfin on vint l'expulser et qu'il dut sortir, la seule chose qu'il répondit aux carabiniers qui l'interrogeaient pour comprendre les raisons de son geste fut : "Les oliviers m'ont appelé."

“Dès le premier jour, je l’ai senti”, m’avait-il dit un jour en parlant de Frédéric II et de son séjour dans l’abbaye. Il m’avait tout raconté, excité par son propre récit, les lèvres tremblantes. Il avait commencé par décrire cette soirée du 2 juin 1221 à Foggia et j’avais l’impression qu’il l’avait vécue. Un pêcheur s’était présenté au palais et avait insisté pour avoir une audience avec le souverain. Frédéric II avait sûrement soupiré à la perspective d’avoir à écouter ces jérémiades. Mais on l’avait fait entrer et le vieil homme avait parlé dans son patois, une langue traînante comme une serpillière sale et peut-être avait-il fallu que quelqu’un traduise les propos du visiteur. Probablement n’avait-on pas laissé le vieux pêcheur aller au bout de son exposé parce que Frédéric II s’impatientait. Un conseiller avait dû le presser de questions. Mais cela n’avait servi qu’à faire bafouiller le vieil homme. Le temps passait et on ne comprenait toujours pas ce qu’il était venu demander. Il parlait d’ombres, de lieu sacré, de querelles de villageois… Une abbaye du nom de Càlena revenait sans cesse dans sa bouche. Au détour d’une phrase, il expliqua qu’il s’agissait d’une porte vers le monde d'En Bas. A ces mots, Frédéric II sembla se réveiller. Son regard s'illumina. Il demanda au vieil homme de répéter. Il venait de sentir que ce moment allait le sauver d'une vie d'ennui. Le pêcheur avait voulu reprendre le fil de son discours mais Frédéric II l'en empêcha. Il pressa le visiteur de tout lui raconter, lui jurant qu'il le couvrirait d'or s'il se contentait de parler de cette porte. Le vieux s'exécuta. Il expliqua au jeune roi que les soirs de beau temps, lorsque la lune se réverbérait sur la mer, du haut du village de Peschici, on pouvait voir les morts errer dans les champs d'oliviers. Ils venaient là respirer l'air de la terre puis, dans un silence séculier, disparaissaient à nouveau.

Frédéric II écouta avec jubilation et, lorsque le pêcheur eut fini, il se dressa et ordonna à ses hommes de seller les chevaux pour aller au plus vite voir cette abbaye du bout du monde.

"Dès le premier jour, je l'ai senti", avait dit Zio Négus, parce que, pour lui, il ne faisait aucun doute qu'il restait dans les vieilles pierres de l'abbaye quelque chose de la venue du roi des Deux-Siciles. L'herbe, ici, avait le souvenir d'avoir été foulée par les chevaux caparaçonnés de son armée et il flottait encore dans l'air, malgré le temps passé, quelque chose de l'épuisement de ces soldats qui avaient plongé dans les entrailles de la terre et étaient remontés à la surface avec, sur le visage, une fatigue de siècle.

"Les oliviers m'ont appelé."

Je les ai devant les yeux, les oliviers de Càlena et ils n'ont pas changé. Ils sont épais comme des cous de bœufs, enracinés dans ces terres de cailloux depuis des siècles. Les chèvres passent entre eux, lentement, faisant tinter, dans le silence des collines, leur cloche. Ce sont les mêmes qui ont accueilli Frédéric II. Tout est là. Sous mes yeux. Il y a, à cet instant, une douceur dans l'air qui vous réconcilie avec le monde. Je marche calmement. C'est un moment de beauté simple où la terre semble respirer de la lumière. Tout est là et se mêle et il naît, de cet entremêlement des âges, un sentiment de quiétude et d'apaisement.

Je n'ai jamais pu pénétrer à l'intérieur de l'abbaye. Depuis dix ans que je viens ici, la porte est toujours restée fermée. Les Trapazzoli continuent à en interdire l'accès. Peut-être n'ai-je pas eu le courage du Négus : escalader le mur et aller voir de l'autre côté. Peut-être est-ce simplement que les oliviers ne m'ont pas appelé. Ils ne me connaissent pas. Je ne suis pas un de leurs fils au sang de pierre et aux pieds de chèvre. Mais je les contemple et, comme chaque fois, il me semble que, quel que soit l'endroit d'où on les observe, tout est parfait : la douce inclinaison de la pente, l'espace entre les arbres, la densité du feuillage, l'épaisse élégance du mur de l'abbaye. Le silence règne partout et il y a dans l'air quelque chose d'un peu salé qui vient de la mer. Je suis bien. Comme si croire aux histoires que m'a racontées le Négus me donnait une force profonde, une foi en la beauté lente du monde.

Je suis seul avec mes pensées. J'imagine l'arrivée de Frédéric II, à la tête de ses cavaliers. Négus racontait que le ciel était clair cette nuit-là et que, lorsqu'ils approchèrent de l'abbaye, le bruit des vagues se répercutait dans les oliviers de façon si étrange qu'on ne savait plus où était la mer et qu'ils crurent un instant qu'elle passait dans les feuilles des arbres.

Je repense à la joie qui s'emparait de Zio Négus lorsqu'il parlait de cette histoire. Tout s'illuminait en lui, comme si l'épopée de Frédéric II rachetait tout : les horreurs de la guerre d'Ethiopie, la médiocrité du village. Comme si, surtout, c'était la chose la plus précieuse qu'il ait jamais possédée. Et au fond peut-être n'était-il que cela : un homme qui connaissait des histoires et s'était donné pour mission de les partager avec ceux qui l'entouraient. Que vais-je conserver de lui ? Le souvenir de ses traits deviendra moins précis, sa voix va s'estomper, ses gestes aussi, mais l'histoire de Frédéric II, elle, je ne l'oublierai pas. Qu'est-ce donc qu'un homme si ce n'est une accumulation d'histoires vécues, rapportées, imaginées, qui, mises bout à bout, finissent par faire une vie ? Zio Négus croyait en Frédéric II, en son désir fou de braver la mort, de lui cracher au visage. Peut-être parce que lui-même avait envie de l'insulter. Peut-être parce que lui-même l'avait trop vue, d'Addis-Abeba à Dire-Dawa, de Gojo à Hawassa, massacrant à l'arme automatique des vagues ininterrompues de guerriers d'abord, puis des foules de femmes et d'enfants, tout cela au nom du Duce, tout cela au nom d'un affront qu'il fallait laver, de la défaite d'Adoua qu'il fallait faire oublier. Alors oui, que la mort soit maudite. Et il tremblait de joie à l'idée qu'un homme, au moins, un jour, ait eu le courage de la défier. C'était ici, à Càlena, là où il s'était caché pendant des semaines à son retour d'Afrique. Et il avait dû coller son oreille pendant des heures contre les dalles de l'abbaye dans l'espoir d'entendre le lointain grondement des batailles et les cris de Frédéric II ordonnant à ses hommes de ne pas faiblir et de charger encore pour faire reculer la mort.

Est-ce que Frédéric II a véritablement fait peur à la mort ? Est-ce pour célébrer cela que le vieux Négus se livrait à des danses nocturnes, devant de hauts bûchers, pendant tout le temps où il se cachait à Càlena ? Les cris qu'il poussait devant les étincelles, comme un dieu païen entouré de lucioles, étaient-ils faits pour défier la mort ou pour exorciser un mal qui le rongeait ? Je crois que ce qu'il avait vu là-bas, en Ethiopie, ce à quoi il avait participé, ne lui laissait aucune paix. Il revoyait les visages boursouflés des enfants tués par les grenades à l'arsine. Soixante mille grenades explosent sur la terre d'Afrique et asphyxient les villages. Mille tonnes de bombes à l'ypérite massacrent la vie et assoient le pouvoir meurtrier d'un fantoche. Il avait vu tout cela. L'élégance révoltante du maréchal Pietro Badoglio prenant la tête du corps expéditionnaire comme un consul romain en campagne. Chaque nuit de 1938, durant ces danses étranges, c'était le Duce qu'il insultait. Il savait que ce que les journaux appelaient "la campagne d'Ethiopie" ou "les victoires de l'Empire" n'étaient que sept mois de boucherie crasseuse sentant le gaz et les corps en putréfaction. Il avait vu tout cela et cela l'avait rendu fou. Alors il dansa, oui, comme un dément, chaque nuit, pendant des semaines, pour suer toute sa fièvre, laisser les ombres éthiopiennes sortir de lui et hurler leur douleur.

Les chèvres finissent de dépasser ma voiture. Je vais pouvoir démarrer et reprendre mon ascension vers le village. Un berger est apparu. Il est agile et marche dans les pierres avec assurance, la cigarette aux lèvres. Il me salue d'un geste millénaire, comme s'il avait compris que pendant quelques minutes, je m'étais fondu dans l'ordre des choses et avais embrassé la beauté du soir.

Au village, je retrouve Elena. Nous décidons d'aller boire un verre au *Bar Centrale* de la via del Corso, chez Peppino. Les enfants nous accompagnent. Tandis que nous marchons dans les ruelles de Peschici, la cloche des morts se fait entendre. Elle sonne avec lenteur et régularité. Les enfants demandent ce que cela signifie et nous leur expliquons que c'est pour annoncer à tous la mort de Zio Négus.

Je me souviens du jour où, pour la première fois, j'avais véritablement parlé avec lui. Nous étions assis, Elena et moi, à cette même terrasse et l'avions hélé pour qu'il vienne boire une *cedrata* à nos côtés. "Tu aimes ce pays ?" m'avait-il demandé. Et j'avais répondu avec application, mettant en avant toutes les merveilles de ces terres, croyant lui faire plaisir en vantant les beautés du Gargano. Il m'avait laissé parler, puis une fois mon éloge des joyaux du Mezzogiorno terminé, il avait simplement dit, avec une moue un peu écœurée : "C'est une terre d'ânes." J'avais gardé le silence, un peu dépité de m'être fait ainsi rabrouer, déçu aussi de passer à ses yeux pour un jeune homme à l'enthousiasme crétin. Alors, pour relancer la conversation, je lui avais demandé pourquoi il s'était engagé pour les campagnes éthiopiennes. Son visage avait changé du tout au tout. Il m'avait dévisagé avec des yeux d'aigle. Il y avait dans son regard une violence soudaine mais un intérêt nouveau également. Il avait parlé de sa jeunesse, des journaux de l'époque qu'il avait découverts dans une caisse que son père conservait à la cave. La défaite d'Adoua, en 1896. Il se souvenait encore des gros titres. Les armées de Ménélik II avaient mis en déroute les vingt mille hommes d'Oreste Baratieri. "La première victoire africaine sur les puissances coloniales." Une humiliation politique. Une gifle militaire. Un émerveillement pour l'enfant qu'il était. Il avait passé des heures à lire et relire les articles, à apprendre par cœur le nom des chefs éthiopiens, Ras Mekonnen, Mengesha Yohannes, Tekle Haymanot, Taytu Betul, des heures à contempler les illustrations qui restituaient la géographie du champ de bataille ou la tenue d'un soldat éthiopien. Il ne l'avait dit à personne, mais ces guerriers noirs qui avaient mis en déroute les troupes italiennes étaient pour lui des héros qui accompagnaient ses rêves de bravoure. En 1935, il avait vingt ans. Mussolini envoyait un corps expéditionnaire là-bas, à l'autre bout du monde, pour châtier Hailé Sélassié et laver l'affront d'Adoua. Il n'avait pas pu résister et s'était engagé. Je me souviens du vieil homme relevant ses yeux sur moi, après m'avoir expliqué tout cela, retrouvant la réalité de cette terrasse de café et de mon visage de jeune homme, tandis que la simple évocation des noms d'Abyssinie l'avait fait repartir là-bas. Il avait conclu, avec un dépit revenu dans le regard : "Qui peut comprendre cela ?" puis avait ajouté : "Au fond, je voulais voir l'Ethiopie." Une tristesse était passée dans ses yeux : "Je n'avais pas compris qu'on m'envoyait là-bas pour la détruire."

Qui sera au cimetière ? Nous nous posons la question, Elena et moi, avec angoisse, tandis que nous finissons de nous habiller. Qui, du village, décidera d'interrompre sa journée pour aller rendre un dernier hommage à Zio Négus ? Les hommes l'ont trahi, souvent. Pendant de longues années, il les a houspillés et critiqués avec vigueur, sans se soucier de l'isolement auquel ses paroles allaient le condamner. Qui sera là aujourd'hui pour se souvenir de ce qu'il a été ?

Les carabiniers qui étaient venus le déloger de l'abbaye de Càlena l'arrêtèrent en l'accusant de désertion. Je ne sais pas si c'était vrai. Il ne me le confirma jamais. Peut-être avait-il fui effectivement, dégoûté par tout ce qu'il avait vu en Ethiopie. En tout cas, c'est ce qu'avaient soutenu beaucoup des villageois à son retour : la légende voulait qu'il eût erré, pendant des semaines, prenant des trains improbables, soudoyant des marchands pour traverser la Méditerranée, seul, dans son uniforme sale, prétextant une fausse mission que le maréchal Pietro Badoglio, lui-même, lui aurait confiée... Cela me paraît peu probable. J'ai du mal à imaginer qu'un homme seul puisse abandonner les rangs de l'armée et remonter jusqu'à son village natal. Ce qui est sûrement vrai, en revanche, c'est qu'il se mit à parler de plus en plus ouvertement du dégoût qu'il éprouvait pour le Duce et l'Empire. Cela faisait mauvais effet. Un vétéran des glorieuses conquêtes d'Afrique qui crachait par terre au seul nom de Mussolini... Ils n'avaient pas tardé à le traiter de communiste. Lui, au lieu d'essayer de se cacher, au lieu d'arrondir les angles, en rajoutait, insultant ouvertement les enfants de charognes qui gazaient des villages entiers en fumant des cigarettes comme s'ils étaient au bal. La raison de son arrestation était peut-être là. A moins que ce ne soit le père de Valentina qui avait cherché à s'en débarrasser, craignant que d'une manière ou d'une autre, il ne lui fasse un jour payer sa trahison. Ou peut-être que la raison était plus simple encore : les hommes avaient senti qu'il y avait un fou au village, un homme qui, depuis son retour, ne faisait plus tout à fait partie des leurs. Ils le voyaient et cela leur déplaisait. Ils pressentaient qu'il ne pourrait rien naître de bon de ce fossé qui se creusait entre eux et lui, et qu'au fond il était préférable, pour la paix du village, qu'il s'en aille. Peut-être était-ce juste cela : une sorte d'instinct de survie face à un corps étranger. On l'arrêta. Il fut envoyé en prison. Déserteur et communiste. Il passa trois ans dans les geôles des îles Tremiti, avec les dissidents de toute la région. Trois longues années, enfermé comme un loup, sur une île écrasée de soleil en été et battue par les vents en hiver. Et puis, un jour, là-haut, à Milan, des partisans pendirent le goret en uniforme par les pieds, et, en Ethiopie, on célébra l'indépendance retrouvée. Zio Négus eut le droit de revenir à Peschici. Tout le monde s'attendait à voir arriver un enragé. On craignait sa vengeance. Il revint d'un pas calme, le regard droit, tenant toujours à la main son chasse-mouche d'Abyssinie. Il ne dit jamais un mot sur son arrestation. La première chose qu'il fit fut de s'inscrire au parti communiste. Il en fut le seul membre, à Peschici, pendant de longues années, et un des rares de la fédération de Foggia. Mais cela ne sembla pas entamer sa détermination. Chaque 6 novembre, il s'installait à la terrasse du *Bar Centrale* et offrait un verre à qui voulait, à condition toutefois que l'invité accepte de boire à l'indépendance de l'Ethiopie et à la santé du négus Hailé Sélassié. C'est de cette époque, sûrement, que date son surnom. Chaque année, les vieux pêcheurs, les ivrognes ou les simples d'esprit venaient se faire payer un verre de grappa et célébraient la gloire du Négus, sans savoir même de qui il s'agissait. "Ce n'est pas grave, disait Zio Négus, ils sentent bien, au fond d'eux-mêmes, que nous buvons à la liberté et que nous pissons sur les têtes de cochons." C'était sa façon à lui d'éduquer les masses et de diffuser le message du Parti. Et je me suis toujours amusé à imaginer la tête qu'aurait faite Hailé Sélassié si on lui avait dit que, dans un petit village du fin fond des Pouilles, on fêtait l'indépendance de son pays, chaque année, jusque tard dans la nuit, dans les cris de joie et les embrassades viriles, brassant tout à la fois les concepts marxistes et les effluves de grappa.

Certains lieux ont une âme, d'autres pas et les églises n'échappent pas à cette règle. Lorsque Elena m'apprend que la cérémonie aura lieu à San Francesco, je sais que ce sera dur. San Francesco est un rectangle sans vie, un hangar à soupir. Rien ne la patine ni ne l'habille. C'est la plus grande église du village, celle où l'on célèbre maintenant la plupart des cultes, mais elle n'a rien pour elle, rien que son parvis, large, arboré, comme si l'architecte, avec ironie, avait voulu faire en sorte que les paroissiens n'aient qu'une hâte : sortir et jouir du dehors. Il n'y a rien qui me glace davantage que ces grands halls à prière. Peschici a pourtant d'autres églises mais c'est comme si le village voulait faire un dernier pied de nez à cet homme qu'il n'a jamais compris.

Nous prenons place sur les bancs. C'est bien pire que ce que nous pensions. Presque personne n'est venu. Il n'y a que deux ou trois vieilles du quartier présentes à tous les offices. La tristesse s'empare de nous. Lorsque le prêtre commence son oraison, il ne parle pas de l'homme qui gît là, dans le cercueil, il ne fait que dérouler le long protocole mortuaire. Une vie effacée. Nous sortons, Elena, moi et les deux enfants, attristés par tant d'indifférence et de bouffonnerie. Dehors, le ciel est vaste et la chaleur impose encore aux rues un silence de prison. Je veux aller à l'église des Ames-du-Purgatoire pour faire notre propre cérémonie. C'est une église minuscule, sur la petite place du vieux village. Au-dessus de la porte trône un crâne, peint à la chaux. C'est ici que Zio Négus venait régulièrement brûler un cierge. Et toujours, lorsqu'il entrait, il caressait le bois de la porte et disait : "Cette porte a tenu." Parce que, dans sa mythologie personnelle, c'était ici que Frédéric II s'était réfugié pour sa dernière nuit de combat lorsque, après plusieurs mois de luttes dans le monde d'En Bas, la mort avait décidé de le repousser. Ses troupes n'avaient cessé de se clairsemer mais il se battait toujours. Il n'avait plus que mille hommes. La mort voulait en finir. Cette nuit-là, elle se rua sur eux avec ses dizaines de milliers d'ombres. Ils furent submergés. Le roi comprit que ses rêves de conquête s'achevaient là et il battit en retraite. Mais la mort avait faim et elle les poursuivit. Ils coururent comme des dératés avec sur leurs talons les jappements des ombres impatientes de mordre. Lorsqu'ils furent enfin revenus à la surface, ils n'étaient plus que cinq cents, à peine. Leur calvaire n'était pas fini. La mort voulait faire payer à Frédéric II son audace. Cela faisait des mois qu'il la défiait. Les ombres sortirent et elles envahirent l'abbaye de Càlena, comme une eau noire qui reflue. Ils durent abandonner leur position et remonter en toute hâte vers le village. Cette nuit-là, les Peschiciani furent réveillés par le vacarme des combats et le râle des chevaux. Les ombres de la mort envahissaient tout. Elles glissaient dans les rues, prenaient possession des places. Frédéric II était en déroute. Il n'arrivait plus à les contenir. C'est dans l'église des Ames-du-Purgatoire qu'il trouva refuge. Ils n'étaient plus que quatre-vingts. Les autres s'étaient égarés dans la nuit ou avaient été dévorés par les griffes de la mort. Quatre-vingts qui se barricadèrent dans la petite église, protégeant leur souverain, les yeux exorbités de fatigue et d'horreur, quatre-vingts à s'arc-bouter contre la porte pour qu'elle ne cède pas, et qui luttèrent au-delà de toute force humaine, levant sans cesse leurs armes et frappant avec rage pour faire reculer la mort. Ils tinrent jusqu'à l'aube et la mort, enfin, finit par rappeler ses troupes. Elle recula comme le fait la mer, laissant partout une odeur épaisse qui faisait suffoquer les oiseaux.

Je caresse le bois de la porte et dis à mes enfants de faire de même. Ils me regardent avec étrangeté. Je n'explique rien. Je murmure simplement : "Cette porte a tenu." Nous sommes là, assis sur les bancs de l'église et il me semble entendre les cris de Frédéric II exhortant ses hommes à tenir. Il me semble entendre les coups de boutoir de l'armée des morts qui lacèrent le bois de la porte. Le vieux Négus aurait aimé être enterré ici. Mais ils ne lui feront pas ce cadeau et, en pensant à cela, nous avons, Elena et moi, sur le visage, la tristesse de ceux qui viennent d'assister à un gâchis – quelque chose de laid et d'escamoté. Heureux ceux qui échappent à leur tombeau.

Rien, dans la mort, ne distinguera plus cet homme des autres. Ils l'enterrent et c'est comme s'ils l'effaçaient. Une plaque de marbre, un nom, deux dates : 1915-2007 et une photo. Rien ne le distinguera alors qu'il n'a pas cessé de le faire durant sa vie, non pas par individualisme ou désir d'originalité – ces deux penchants lui étaient totalement étrangers – mais parce qu'il avait acquis une liberté de parole dont il refusait de se priver. Il sera, désormais, pour le visiteur qui parcourt le cimetière, un des leurs, juste cela, un villageois de plus, et je ne parviens pas à savoir si je trouve cela triste ou réconfortant.

Zio Négus prit sans cesse le parti de la terre contre celui des hommes. Il n'avait pas peur d'eux, de leur colère, de leur ambition. "Je parle au nom des arbres", disait-il. Et cela faisait rire les imbéciles. En 1971, il fut le seul à s'opposer à la construction du premier village de vacances de la côte. Il existait déjà plusieurs campings, mais face à l'explosion du tourisme, les appétits s'aiguisèrent. Le premier à réagir fut Matteo Cavaccio, qui construisit *Sole*

Azzuro, un immense village fait de bungalows, un complexe comme il n'allait plus cesser d'en fleurir çà et là, avec piscine, terrain de tennis, plage privée et animation permanente. Il le fit sur un terrain qui ne lui appartenait qu'à moitié, s'octroyant des parcelles de terre de la commune. Il planta sa construction de béton au milieu de la baie de Peschici, et dès l'année suivante, il en poussa une autre, puis une troisième. Les familles riches de Peschici venaient de comprendre que l'argent viendrait du divertissement. *L'Ile des Oliviers*, *La Mer d'Or*, *Joie d'Eté*, les noms de ces constructions mentaient tous : elles célébraient ce qu'elles détruisaient par leur simple présence. Le jour du début des travaux, Zio Négus était descendu à l'aube. Il était arrivé sur place avant les ouvriers. Il avait garé sa voiture en travers de la route et avait attendu patiemment. Lorsqu'ils arrivèrent, ils le trouvèrent, bras croisés, décidé à ne pas bouger. Il tint durant deux heures. Jusqu'à ce que Matteo Cavaccio descende lui-même, puis les carabiniers et qu'on finisse par l'évacuer *manu militari*. Pendant ces deux heures de négociation polie d'abord, puis de franche empoignade, il ne cessa de crier : "Les arbres vous maudiront !" Il le criait aux collines, à tue-tête, sachant que, dès le soir, la scène serait racontée dans tout le village et que ses mots circuleraient dans les ruelles comme le vent d'hiver. Il savait bien qu'il n'empêcherait rien, mais il voulait que les villageois sachent que certains étaient contre les plans de Cavaccio, que certains avaient du dégoût pour ce désir brûlant de transformer les plages du pays en parc à jeu. Il cria sans cesse, tandis que les hommes de Cavaccio le ceinturaient. “Ce pays sera laid comme vous !…” Cet épisode aurait pu lui valoir des problèmes. Certains virent leur voiture brûler pour moins que cela. Mais l’étrange relation de Zio Négus et du village était tout entière dans ce paradoxe : on le détestait comme on déteste un trouble-fête, un moralisateur qui se mêle de ce qui ne le regarde pas, mais au fil des années, il devint une sorte de figure à part, un peu marginale, un peu sacrée. Personne ne lui fit du mal. Peut-être parce qu’au fond, on lui reconnaissait effectivement d’être la voix des pierres et des arbres, peut-être plus sûrement parce qu’il n’avait aucun pouvoir et ne représentait, de fait, aucune menace.

Nous enterrons Zio Négus. Je sais que ce n'est pas ici qu'il aurait dû reposer. Mais combien d'entre nous ont cette chance d'être ensevelis dans un lieu qui leur ressemble et qu'ils ont choisi ? Il aurait fallu à Zio Négus une tombe comme celle de Pirandello, dans les collines d'Agrigente. Avec un cyprès pour marquer l'endroit où repose le corps, une pierre, peut-être, sur laquelle on aurait gravé un nom tout au plus, et l'immensité de la mer au loin. Le vent l'aurait caressé pour l'éternité, charriant les odeurs de figuiers en tourbillon dans l'air chaud du soir. C'est cela qu'il aurait fallu à Zio Négus : une sépulture de Romain, un tumulus et le silence du monde alentour. Combien d'entre nous auront cette chance-là ? Nous nous entassons dans la mort avec la même tristesse que dans la vie, serrés les uns contre les autres, laids d'être tous identiques. Comme si, même là, nous avions peur d'être seuls. Zio Négus n'avait plus peur d'être seul. Il ne l'était jamais. Les souvenirs d'Ethiopie grouillaient en lui. Dans les marches qui le menaient sur les sentiers de l'arrière-pays, il entendait les sabots des cavaliers de Frédéric II. Les oliviers lui parlaient, les lézards aussi. Je comprends tout à coup pourquoi la disparition de cet homme me peine tant. Zio Négus portait en lui le rêve d'une vie habitée par le chant du monde où l'homme se heurte encore au mystère du temps et à la présence rugueuse des éléments.

Je me souviens de ce soir où nous étions sortis boire un Cynar à la terrasse du *Bar Centrale*. Nous étions seuls à la terrasse car le vent s'était levé et faisait scintiller les étoiles. C'est durant cette soirée qu'il m'avait parlé pour la première fois de ces nuits de 1938 où il s'était enfermé dans l'abbaye de Càlena et avait dansé durant des heures entières. "J'étais fou, m'avait-il dit. Mais pas comme ils l'entendent eux, avait-il ajouté en désignant d'un signe de tête le village alentour. J'étais fou parce que j'étais trop nombreux." Je me souviens d'être resté muet devant cette étrange explication. Il avait compris qu'il fallait qu'il en dise plus, avait bu une gorgée de Cynar et m'avait expliqué que tout remontait en lui, qu'il était tout à la fois : les morts asphyxiés d'Ethiopie, les cavaliers de Frédéric II. Il entendait les rires du maréchal Badoglio et les explosions de grenades à l'ypérite. Il était hanté par les cris de Valentina qui avait écouté son père et s'était mariée à ce ballot de Galobardo, crachant sur la parole donnée, Valentina qui, deux ans plus tard, tandis que lui croupissait dans les geôles des îles Tremiti, était morte en couches. Il l'avait entendue gémir comme un animal, se pliant en deux sur son hémorragie, comprenant, à la façon dont la sage-femme avait emmené le nourrisson loin d'elle, que son enfant était mort et qu'elle ne tarderait pas à le suivre. "J'étais tout à la fois, m'avait-il dit. Même le cliquetis des armes de Frédéric II, je l'ai entendu." "Ce sont les oliviers, avait-il ajouté. Ils ont tout vu, et lorsque le vent se lève, comme ce soir, cela tourne dans l'air et nous emplit l'esprit."

S'il est un endroit où il reste quelque chose de lui, c'est ici : à Càlena. Nous y faisons, Elena et moi, une longue promenade, après l'enterrement. Et c'est la seule façon juste de lui dire adieu. Derrière l'abbaye, le terrain monte légèrement. Les oliviers qui sont là ont plus de cent ans. Ce sont eux les gardiens de cette terre.

Zio Négus est mort et il manque désormais quelque chose au village. Combien sont-ils à s'en rendre compte ? Je ne sais pas. Je ne sais même pas si j'ai raison ou tort de dire cela. Est-ce que ça n'est pas précisément parce que je suis étranger que je pense ainsi ? Si j'étais né ici, est-ce que je l'aurais seulement écouté ? Son voyage en Abyssinie l'avait éloigné de tout. Il regardait le village et le trouvait laid. Il écoutait les conversations de ses amis d'autrefois et ne comprenait plus leurs rêves et leurs envies. Etranger à tout, incapable de reprendre le cours normal de sa vie. Seuls les oliviers continuaient à parler à ce grand fou brûlé par la guerre. Et pourtant, je n'en démords pas : il manque quelque chose au village depuis que Zio Négus n'est plus là. Nous sommes plus pauvres sans lui, d'une pauvreté bien plus triste que le manque d'argent. Nous nous éloignons des arbres et de la mer. Nous nous éloignons du silence des collines et de l'humilité des hommes. Zio Négus savait cela et refusait de s'y résoudre.

Elena demande aux enfants de l'aider. Nous mettons cinq, six pierres les unes sur les autres pour faire une sorte de tumulus. A cet instant, un vent léger se lève qui fait frémir les feuilles et tout, autour de nous, scintille de cette couleur verte argentée en faisant un doux bruit qui, à lui seul, est rafraîchissant. Nous mettons sur le tumulus de pierre le vieux chasse-mouche que Zio Négus avait rapporté d'Abyssinie pour que, sur ce champ, désormais, monte l'odeur lointaine des terres d'Afrique. Tout est calme et pénétrant. Un moment de beauté. La voix du vieil homme résonne en nous et nous unit sans que nous ayons besoin de parler. Je pense alors qu'il a peut-être rejoint l'armée de Frédéric II et que nous le verrons peut-être un jour plonger à la suite du souverain dans les eaux de Peschici pour aller défier la mort.

Aussi longtemps que les oliviers de Càlena seront là, j'y reviendrai toujours. Ce sont ceux de Zio Négus et de Frédéric II. Les oliviers du paganisme rocailleux et du mystère. L'abbaye veille sur eux – ou eux sur elle, qui peut le dire ? C'est un bloc de pierre impénétrable. Les propriétaires l'ont oubliée. Heureusement. Lorsqu'ils se rappelleront qu'ils la possèdent, ils la saccageront, mais pour l'heure, elle échappe à tout et reste close. Je me promène dans ce champ légèrement en pente et je m'y sens bien. Quelque chose est ici qui nous traverse de loin, que nous avons oublié mais qui est juste et harmonieux. Quelque chose est ici qui nous rappelle que nous sommes petits et que nos vies sont brèves, si brèves que les pierres en rient sur les sentiers des collines.

Zio Négus est mort. A chaque génération qui disparaît, c'est un peu du monde qui sombre. Nous portons toujours plus d'histoires. Je prendrai soin des siennes : les massacres d'Abyssinie, le rêve du roi des Deux-Siciles. Je les partagerai avec ceux qui m'entourent. Je les raconterai en marchant dans les rues du village et en montrant du doigt les pierres, les arbres, tout ce qui porte la marque de l'histoire. Je veux que nous gardions dans les yeux la profondeur des nuits d'Abyssinie, et que nous entendions dans le silence des collines le soupir du Négus et les cris lointains de Frédéric II. Je veux que nous portions encore la marque du Négus : l'infirmité lumineuse de ceux qui ont dans le crâne des rêves trop grands et, dans le regard, la beauté des hommes insatiables.

2009-2011
(Peschici-Paris)

LE BÂTARD DU BOUT DU MONDE

Pour Carlo Brandt,
qui a si souvent prêté
sa voix à mon écriture,
avec rage et jubilation.

J'ai ordonné que l'on s'arrête. Les hommes se sont regardés avec surprise. Il pleuvait à verse. Les chevaux pataugeaient dans la boue. La pluie nous coulait le long de l'échine avec le froid usant des hivers qui ne finissent pas. Si nous avions marché encore un peu, si je l'avais ordonné, nous aurions pu arriver le soir même. Mes hommes le savaient. C'est pour cela qu'ils me regardaient avec un air soumis de reproche. Ils étaient tous d'avis qu'il fallait en finir avec cette pluie et se mettre le plus vite possible à l'abri. Mais j'ai ordonné que l'on s'arrête et l'on s'est arrêtés. Je suis chez moi ici, comme partout ailleurs, de la Germanie à la Gaule, de l'Apulie à l'Afrique. Je m'appelle Lucius. Je n'ai pas de parents. Je suis citoyen de l'Empire. La pluie ne me fait rien, la terre ne me trahit pas. Je n'ai pas de fatigue à parcourir les routes de chez moi. J'ai ordonné que l'on s'arrête. La colonne s'est figée avec mauvaise humeur. Il n'y eut plus, autour de nous, que le bruit de la pluie. Elle martelait nos selles, nos peaux de bête, nos casques, nos paquets. Pendant un temps, personne n'est descendu de cheval. Ils sont tous restés à l'arrêt, espérant peut-être que je change d'avis. La colonne était immobile. J'ai dit "ici" avec fermeté et les hommes, enfin, avec mollesse sont descendus un à un de cheval. Ils ont fouillé dans leur paquetage et se sont mis à monter les tentes. J'ai regardé autour de moi. Je suis un homme dur, rudoyé par des années de service. C'est pour cela que Rome m'aime. C'est pour cela qu'elle m'a confié cette mission. J'ai regardé : la pluie inondait tout, les bois, les collines. Je repensais aux journées de Haute-Bretagne passées à veiller sur la muraille d'Hadrien, ces longues journées où nous ne voyions pas la lumière du jour. C'était, là-bas, comme ici, ce même rideau inlassable de pluie qui dégringolait avec une épuisante constance.

Je regardais ces terres que je ne connaissais pas et je souriais. Je suis chez moi, ici, d'autorité, par la tunique que je porte, par le glaive qui tape le long de ma cuisse, je suis chez moi. Nos dieux sont grands qui nous protègent partout en des contrées si différentes.

Les hommes ont dressé le campement comme tant de fois auparavant. Cela fait des années que je vis à ce rythme-là : monter des tentes, desseller les chevaux, étendre les paillasses et préparer les marmites ; puis, au petit matin, lorsque tout est encore humide de rosée, ranger et charger les bêtes encore lourdes de sommeil. Les hommes ont nourri les chevaux puis se sont mis à l'abri. Ils se sont regroupés, cherchant, serrés les uns contre les autres, une position qui les rendrait intouchables par la pluie et ils ont parlé, en mâchant trois bouts de viande cuits dans un jus épais. Ils se sont demandé, à voix basse, ce qui m'avait pris d'ordonner que l'on s'arrête ici. Je ne les écoute pas. Je ne prête pas attention à eux. Je fais quelques pas pour me dégourdir les jambes. La pluie tombe sur ce pays de brume mais elle ne vient pas à bout de mes nerfs. Je suis infiniment plus dur que cela. Il peut bien neiger, je m'en moque. Je suis calme et décidé. Le bâtard de l'Aventin, comme on m'appelait dans les ruelles de Rome. Je suis né dans la poussière des quartiers populaires entre les chiens faméliques et les esclaves noirs ramenés par Scipion qui mouraient doucement sur nos terres, incapables de s'acclimater, pliés en deux par de mauvaises diarrhées. Je suis né au milieu des filles de joie pas chères, édentées et graisseuses. Je n'ai pas eu de parents. C'est Rome qui m'a fait. La légion. Elle seule m'a donné un nom. Elle seule m'a fait grandir et a veillé sur moi. Elle m'a armé. Elle m'a envoyé aux confins de son royaume pour que je fasse mes preuves et je les ai faites. Le bâtard de l'Aventin a traversé deux océans et lutté contre des dizaines de peuples barbares. Les prisonniers que j'ai ramenés de mes batailles, à eux seuls, ont pu constituer une ville. Je suis le glaive intraitable de l'armée romaine, obéissant et têtu. Mes hommes le savent qui ne disent rien et finissent de grogner comme des chiens peureux en baissant la tête sur leur gamelle.

Je contemple ce pays de nulle part. Nous sommes loin, dans un monde humide où la mousse semble couvrir la surface de toute chose. La pluie, ici, fait taire la campagne. Il n'y a plus un bruit. Les animaux ont fui. La terre se liquéfie sous toute cette eau qu'elle ne parvient pas à absorber. Je contemple mes pieds enlisés dans la tourbe de la Darie. Je suis le maître de ces terres bien que je ne les connaisse pas. Rome m'envoie pour parcourir l'immensité de son royaume. Je le fais sans peur. Demain, nous atteindrons le dernier fort de l'Empire, le plus éloigné, le plus sauvage mais je n'ai pas peur, car, là-bas encore, je serai chez moi. J'ai surveillé pendant cinq ans la muraille d'Hadrien en Haute-Bretagne et les Barbares d'Ecosse, emmitouflés d'une laine rugueuse qui sentait la bête, étaient des géants chevelus qui ne se fatiguaient jamais de mourir. Je suis l'homme qu'il faut pour cette mission. Le bâtard de l'Aventin. La pluie me baigne le visage. Oh oui, nous approchons du bout du monde. C'est ce qui voûte le dos de mes soldats. C'est pour cela que j'ai ordonné que l'on s'arrête, pour leur montrer qu'il n'y a pas de peur possible. Nous approchons du bout du monde mais je veux le faire à mon rythme, en souriant devant l'immensité de cet empire auquel j'appartiens.

Le lendemain, nous nous sommes réveillés avant les bêtes. La pluie n'avait pas cessé. Même humidité pénétrante, même viscosité des corps. J'ai dit, avec toujours cette voix de garnison, "En avant", et les hommes se sont mis en branle. Notre camp fut plié en moins d'une heure, comme toujours. Les mêmes gestes répétés à l'infini avec l'assurance de l'efficacité. Rien ne nous arrêtera. Ni la pluie, ni la lenteur avec laquelle le jour s'est dégagé des brumes, ni la boue qui fait glisser les chevaux. Nous avançons toujours d'un même pas lent et obstiné.

Après quatre heures de route, enfin, le fort fut en vue – un petit fort serré sur lui-même. J'ai pensé aux soldats qui s'y trouvaient. Ils n'ont pas envoyé de délégation à notre rencontre – peut-être avaient-ils trop à faire : ranger le camp dans l'urgence, nettoyer les armes, débarrasser la cour, sortir les oriflammes et battre le rappel, ou peut-être préféraient-ils attendre, immobiles et patients, pour nous montrer qu'en bons soldats, rien ne les surprenait. Lorsque nous avons été devant les portes du fort, je me suis arrêté. Je l'ai contemplé longuement : cette petite enclave de bois à la frontière de l'immense Darie, c'est le fer de lance de notre armée face au monde barbare. Je sais quel homme il faut être pour tenir pareille position. Ici, les Barbares sont partout. Ils rôdent, viennent parfois lécher les barrières de bois et repartent en glapissant. Ils attaquent avec furie lorsque leur dieu borgne le leur ordonne. Il faut alors tenir tête à la charge disparate de ces hommes sangliers dont on dit qu'ils n'ont pas de discipline mais la force des ours et la teigne des cochons. J'ai pensé au centurion qui tenait cette place depuis trois ans, sans avoir jamais demandé de renfort, sans jamais s'être plaint de cette mission lointaine qui aurait semblé à tout autre le signe d'une disgrâce. Caïus le Boueux, comme on l'appelait à Rome parce que cela faisait trois ans qu'il avait les pieds dans la fange jusqu'à en avoir la barbe souillée. Caïus le vieux sanglier qui tenait tête à la Darie, sans sembler souffrir de cette petite pluie pernicieuse qui cassait les nerfs à force de tout tremper.

Les portes du camp, finalement, se sont ouvertes. J'ai piqué les flancs de mon cheval. Ma colonne s'est mise en mouvement et nous avons pénétré dans la cour intérieure du fort. Ce fut un spectacle inouï : des hommes se tenaient debout et nous faisaient une sorte de haie d'honneur. Ils étaient tous hirsutes, couverts de peaux d'ours, emmitouflés dans des fourrures que nous ne connaissions pas et qui cachaient les vieux lambeaux de leur uniforme romain. Ils étaient barbus comme des druides. A leur ceinture, pendaient des armes étranges, énormes masses cloutées de Gaulois ou hachoir de boucher germain. Et moi qui, quelques instants plus tôt, les imaginais se préparant à notre venue... Ces hommes-là avaient le regard voilé. On aurait dit des créatures perdues dans le brouillard des siècles. Aucun d'eux ne parlait ni ne bougeait. Ils avaient l'immobilité des arbres d'ici, rongés par l'humus et les cloportes. Et puis, Caïus est apparu, sortant de sa tente d'un pas sûr. Caïus le chien de guerre, comme l'appelaient les hommes du rang de la légion, avec admiration. Il avait revêtu sa cape de centurion. Il portait les armes et les attributs de sa fonction. Quel étrange spectacle que ce vieux centurion impeccable dirigeant une armée de gueux qui sentaient le fauve. Il savait pourquoi nous étions là. Personne ne lui avait annoncé notre venue, mais j'ai vu dans son regard que cela ne l'étonnait pas. Rome se rappelait à son bon souvenir. Il n'avait probablement jamais douté qu'elle pensait à lui. Il avait passé trois ans à se battre pour elle face aux attaques répétées de ces peuples qui n'ont pas de nom, tenant bec et ongles pour qu'il ne fût pas dit que la grande muraille romaine était menacée. Peut-être savait-il qu'aujourd'hui aurait lieu, dans tout le royaume, la cérémonie d'anniversaire de notre empereur : des feux allaient illuminer partout l'Empire, laissant les hommes, le monde et l'Histoire contempler la puissance de Rome. Nous allions fêter la sûreté de notre frontière et l'étendue de nos conquêtes. Nous allions fêter l'intelligence de notre empereur et la vaillance de nos armées. Mais s'en souciait-il vraiment ? Seule comptait pour lui la résistance têtue à la pluie, aux Barbares et aux phacochères.

J'ai mis pied à terre. Mes hommes sont restés à cheval. Les ombres hirsutes de Caïus n'ont pas bougé comme s'il y avait en eux une lenteur minérale. Caïus m'a salué. Nous étions face à face. Je contemplais avec curiosité son visage buriné par l'hiver. A cet instant, je le jure, il n'y avait, en moi, que de l'admiration pour cet homme. Je lui tendis la lettre que l'on m'avait ordonné de lui remettre. Tandis qu'il la décachetait, j'observai les nervures de son front, la rugosité solide de ses mains. Avant de s'y plonger, il me regarda à nouveau, regard étrange durant lequel il semblait chercher dans le fond de mes yeux la confirmation d'un sentiment qui l'envahissait. Puis il retourna à sa lettre. Il parcourut le pli et le remit dans sa poche. Nous nous faisions toujours face. J'ai sorti mon glaive et, avant qu'il n'ait eu le temps de réagir, je lui ai percé le ventre. J'ai enfoncé mon arme jusqu'à la garde. Il a ouvert grands les yeux et la bouche, comme un poisson imbécile. La lourdeur paysanne de son corps a pesé sur mon avant-bras. J'ai ressorti la lame de son abdomen. Un bouillon de sang noir a giclé à nos pieds et il s'est effondré dans la boue froide de ces terres sur lesquelles il avait veillé avec obéissance et efficacité.

O comme les hommes sont dociles et comme il est douloureux de les voir se soumettre... Je pensais que le meurtre de leur chef allait provoquer chez les soldats du fort un mouvement de rébellion, il n'en fut rien. Ils baissèrent les yeux – non par crainte, j'en suis certain, mais par une sorte d'indifférence lassée. Ils retournèrent à leurs affaires, comme des chiens que l'on a appelés pour les gourmander et qui repartent, le plus vite possible, fouiller leurs chères poubelles.

J'ai ordonné aux miens d'enterrer promptement Caïus et de le faire en dehors du fort. J'ai proclamé, avec la voix sûre de l'autorité, que je prenais le contrôle du camp, mais aucune des ombres qui allaient et venaient ne m'a véritablement écouté.

Il me restait à préparer la cérémonie d'anniversaire de notre empereur. Pour qu'ici, comme ailleurs, sa grandeur soit célébrée. J'ai fait nettoyer le camp puis j'ai envoyé en forêt deux équipes de soldats – en prenant bien soin de mélanger les nouvelles recrues et les anciennes. Ils se sont enfoncés dans les bois et l'idée m'a traversé, un instant, que je ne les reverrais plus, soit que les hommes de Caïus décident de manger les miens, soit qu'ils parviennent à les convaincre de disparaître. L'idée m'a traversé, oui, et je me suis imaginé, seul, à la tête du fort le plus exposé de l'Empire, face aux mondes sauvages qui nous épient. Mais mes hommes sont revenus, le dos voûté sous les fagots de bois. Nous avons préparé un grand bûcher, plus haut qu'un homme. J'avais peur que le bois, trop humide, ne fasse, en brûlant, que d'épaisses volutes de fumée grise. Il fallait des flammes, de hautes flammes crépitantes pour dire la fierté et la force de Rome. Lorsque la nuit est venue avec son silence touffu, j'ai fait rassembler tous les hommes dans la cour. Je leur ai parlé de notre empereur, de sa jeunesse, de sa bravoure. En cette nuit, Rome, partout, fêtait son hégémonie sur le monde. Dans chaque camp, des brasiers allaient monter au ciel pour dire notre force. J'ai expliqué que Rome veillait sur les siens avec la férocité de la louve et le calme de l'aigle, que Rome terrorisait les mondes inassouvis et rassurait ses enfants. Les hommes, face à moi, n'ont rien dit. Ils ne semblaient pas émus par cette nuit sacrée. Peut-être pensaient-ils à Caïus qui devait finir de se vider de son sang dans la terre. A moins que les mots de "Rome" et d'"Empire" ne signifient plus rien pour eux. Ils avaient été tenus trop longtemps écartés des vivants. Ils me regardaient sans curiosité ni frayeur, comme des chouettes qui fixent un nuage.

Plus tard, un des hommes de Caïus s'est présenté à moi, sans rien dire. Il portait dans les bras les affaires de son ancien chef. Il y avait là un fanion, un couteau, quelques linges et des effets personnels. J'ai ordonné qu'il mette tout sur le bûcher. Ce soir Rome brûle le passé. Caïus n'est plus. Telle a été la volonté de notre empereur. J'ai tué sans haine, sans passion, en soldat qui obéit. Tout doit disparaître. Caïus savait cela. Il aurait fait comme moi. Les insectes sont venus tourner autour des flammes, de gros insectes lourds, aux pattes humides qui semblaient voir du feu pour la première fois et s'y brûlaient sans retenue. Puis, j'ai permis à mes hommes de disposer. Chacun est retourné à sa couche, d'un pas traînant. Je suis resté seul face au bûcher, regardant les lucioles monter dans l'humidité du soir. J'étais bien. Ce qui devait être avait été accompli.

Lorsque je suis enfin retourné à ma tente pour me coucher, j'ai été surpris de croiser un homme, toujours le même. Il m'attendait. Je lui ai demandé ce qu'il voulait, mais il ne m'a pas répondu. Il s'est contenté de me tendre un rouleau scellé et a disparu.

J'ai failli aller le jeter avec les autres affaires de Caïus, sur le bûcher, mais quelque chose m'a retenu. Peut-être y avait-il là des informations militaires sur le camp, dont je devais avoir connaissance.

Le rouleau contenait un parchemin sur lequel était écrit de la main de Caïus : *Celui qui viendra, je le reconnaîtrai : il aura les mains lourdes de la légion, et lorsqu'il m'ouvrira le ventre, ce sera mon fils.* Je suis resté interdit. Je n'aurais jamais pensé que Caïus puisse écrire des choses pareilles. Lui qui avait cet air renfrogné des hommes du rang. Que voulait-il dire ? A qui s'adressaient ces mots ? A moi ? J'ai cru tout d'abord que cela était sans importance : les mots fous d'un homme resté trop longtemps loin du monde. Caïus devait délirer les nuits d'hiver et insulter l'Empire par rage et solitude. Je me suis dit que notre empereur, dans sa jeunesse, avait bien fait de m'ordonner de le tuer. Il avait senti, malgré la distance, que cet homme était devenu déloyal. Je me suis félicité de sa mort. J'ai jeté le parchemin au fond de ma tente et je me suis couché.

C'est alors que tout a commencé. Les visions se sont insinuées en mon esprit, pullulantes comme des nids d'insectes, vénéneuses et collantes. J'étais assailli. La première nuit, ce ne fut qu'un cauchemar, mais petit à petit, cela prit de plus en plus de place. Toutes mes nuits étaient habitées de peurs étranges, de sons inconnus, de visages dont je ne savais s'ils étaient amis ou ennemis. Les mots de Caïus tournaient sans cesse sur mes rêves comme des charognards au bec maculé de sang. Comment savait-il que j'allais venir et que tout finirait ainsi ? J'étais parcouru de frissons. Les mêmes questions revenaient sans cesse. Et s'il disait vrai ? Etait-il possible que je sois son fils ? Je revoyais sans cesse la scène de mon arrivée. Le manche de mon glaive cognant contre la côte. Ce bruit se répétant à l'infini, la brutalité de l'arme, la chair vivante qui s'ouvre et se répand. Je revoyais Caïus, le solide patriarche aux mains de tourbe noire, Caïus qui ne disait rien, la bouche ouverte et le regard immense.

Bientôt, ces visions m'assaillaient également le jour. J'ai pensé que l'air de ce pays m'avait corrompu l'esprit. Nul, autour de moi, ne semblait s'apercevoir de mon état, mais je devenais fiévreux, irritable.

Les nuits passaient avec lenteur et j'avais peur des rêves que j'allais faire.

Combien de temps était-ce après, je ne sais pas. Une nuit, l'idée s'imposa à moi que Caïus avait raison : c'était mon père, ce ne pouvait être que cela. Par un horrible hasard, moi le bâtard sans parent, j'avais tué mon géniteur. A moins qu'il ne s'agît pas de hasard mais d'une cruauté de notre empereur, une torture raffinée. Peut-être était-ce cela qui était écrit sur le parchemin que j'avais moi-même remis à Caïus avant de le tuer : "Voici ton fils que je t'envoie pour qu'il te tue." Peut-être l'empereur avait-il voulu que Caïus soit tourmenté jusque dans la mort… Quels crimes avait-il commis pour subir pareil châtiment, je ne le savais pas. J'ai essayé de retrouver le message que j'avais apporté mais il avait été brûlé avec ses affaires. Il ne restait plus rien. Plus rien que le parchemin et ces visions qui m'assaillaient. Mon père. Caïus. Je revoyais l'instant où il avait lu la lettre que je lui portais, le regard long et étrange qu'il m'avait adressé. Je me réveillai en sursaut, soufflant comme un buffle, en nage. Je sortis de ma tente mais cela ne me procura aucun soulagement. Au-dehors, le camp était plongé dans une brume épaisse. Les nuages cotonneux semblaient s'accrocher aux remparts avec lourdeur.

Et puis enfin, un soir, il fallut que je vérifie. Je n'y tenais plus. Je voulais observer Caïus avec minutie, voir si son visage avait quelque ressemblance avec le mien. J'ai pris une pelle. Je suis retourné à l'endroit où j'avais ordonné qu'on l'enterre et je me suis mis à creuser. La terre noire, gorgée d'eau, était lourde à soulever. Je creusai encore et encore, avec acharnement, pour voir mon père dans la tombe.

Lorsqu'une oreille est apparue, j'ai frémi. J'ai jeté ma pelle au loin et j'ai sauté dans le trou. Je voulais continuer à mains nues, enlever la terre, poignée après poignée avec minutie, comme l'aurait fait un embaumeur. J'extrayais la terre qui s'était logée dans le creux des yeux, celle qui avait empli la bouche et noirci les dents. Petit à petit, le visage se précisa. Mon double édenté, mon visage de cadavre, il me souriait, comme s'il prenait plaisir à voir ma détresse.

J'étais bien en peine de savoir si ce visage était celui de mon père ou non. Caïus était là, le visage rigidifié, la lèvre froide. Sa peau était devenue légèrement verte. Ses joues s'étaient creusées. Je compris que je ne saurais jamais si cet homme était mon père. L'idée était absurde. Il l'était de toute façon. Parce que c'était un homme comme moi, rugueux et solide qui, comme moi, avait pour l'Empire tenu tête à des mondes hostiles. Il l'était parce que je lui avais ouvert le ventre et qu'il ne s'était pas débattu. J'étais son successeur. Fils ou pas. Et il me regardait avec un mélange de moquerie et de fierté. C'était à moi, maintenant, de tenir ce fort, à moi de lutter contre les nuits de cauchemars. Oh comme Rome était loin à cet instant. Il n'y avait que Caïus et moi, et je comprenais ce qu'il me disait avec ses yeux de mort : il fallait s'aventurer au-delà, plonger dans les terres inconnues, non pas pour les conquérir mais simplement pour les traverser. C'est cela que je voulais. Il n'y avait que cela qui puisse convenir à mon état. Faire ce qu'il avait fait avant moi : explorer ce monde pour qui nous ne sommes rien, aller plus avant et laisser Rome et ses étendards flotter dans la tristesse des jours de brume.

A l'aube, les oiseaux se sont approchés de moi, sans crainte. Ils ont hésité une fraction de seconde puis sont venus picorer le mort. Je n'ai pas bougé. Les vers, sûrement, faisaient déjà la même chose à l'intérieur. Une odeur lourde et nauséeuse se dégageait de lui. Je me suis levé et je suis revenu au camp. J'ai été jusqu'au centre de la place d'armes et j'ai appelé mes hommes. “Soldats ! Soldats !” pour que tous sortent et m'entourent. Lorsqu'ils ont été tous là, j'ai expliqué que j'allais partir, prendre quelques hommes et m'enfoncer dans les terres barbares. Je leur ai dit qu'ils n'étaient pas obligés de me suivre, que Rome ne nous avait pas chargés de cela. Je ne voulais que des volontaires. Un long silence a suivi. Puis les volontaires se sont présentés. Il s'est passé alors quelque chose d'extraordinaire : tous les hommes de Caïus firent un pas en avant, et rien que ceux-là. Ceux que j'avais amenés avec moi baissèrent la tête mais les ombres, en revanche, ces hommes hagards qui ne m'avaient pas adressé un mot depuis mon arrivée, ceux que j'avais même hésité à faire tuer, pensant que la mort de leur chef les rendrait belliqueux à mon égard, ceux qui semblaient perdus pour être restés trop longtemps dans ce fort de rien, ceux-là, tous, d'un coup, et sans se consulter, firent un pas en avant. Peut-être avaient-ils, eux aussi, depuis longtemps, ce désir en eux. Celui d'aller au-delà de la muraille, dans les forêts épaisses où la mousse mange les troncs d'arbres centenaires. Ils firent un pas et j'eus mon escorte.

Nous sommes partis au matin. Le ciel était si bas qu'il n'y avait plus d'heure. Tout était nappé de silence, comme si les dieux avaient décidé de retirer les bruits du monde. Les oiseaux s'étaient tus, les sabots ne faisaient plus aucun son en martelant le sol, pas un souffle de vent ne venait secouer les feuilles des arbres. Il y avait tant d'humidité dans l'air que nos capes et nos fourrures étaient gorgées d'eau. J'ai avancé, d'un pas lent, avec un étrange mélange d'inquiétude et de ravissement : pour la première fois de ma vie, je marchais en dehors de l'Empire. J'écoutais. Je regardais. Comme l'air était froid, ici, inassouvi et brutal. Je laissais Rome derrière moi, quittant l'Empire qui m'avait élevé, qui m'avait nourri, qui avait fait de moi, un homme, un soldat, un tueur. Je regardais autour de moi et tout était étrange. Les oiseaux, ici, ne chantaient pas. Ils posaient sur nous leur regard avec appétit.

Nous n'étions plus dans le monde connu. Je n'ai rien dit aux hommes des raisons de cette expédition, parce que je ne savais pas moi-même ce que nous faisions ici. Découvrir des mondes nouveaux, pour quoi faire ? Les assujettir ? Tenter de s'en faire adopter ? Fuir ce que nous quittions et qui nous faisait horreur ? Je ne savais pas. Rome s'éloignait. Où étions-nous ? Nous pénétrions dans des pays qui n'avaient pas de nom, là où les hommes, s'ils parlent, utilisent des borborygmes étranges. Nous avancions doucement. J'étais bouche bée, interdit qu'il puisse exister des terres sur lesquelles nous n'étions rien, rien qu'un petit groupe d'hommes frileux qui avancent au pas, dans un halo de buée, en se serrant contre un étendard, dans une forte odeur de cheval qui attire les insectes et alourdit l'air.

A plusieurs reprises, je me pinçai le bras. Je ne sentais plus rien. Le froid avait tout engourdi. Je me massais les muscles et essayais de bouger les doigts mais cela persistait. Une immobilité étrange s'emparait de moi. Comme si toute la partie gauche de mon corps était ankylosée. Je ne dis rien et restai en selle, pensant que cela finirait par passer. Je continuai à avancer, serrant avec force de ma seule main droite les rênes de mon cheval. Je ne voulais pas flancher. Nous étions minuscules au pied d'arbres gigantesques, traversant avec crainte un monde inconnu qui nous regardait.

Au fil des heures, le mal progressait. Je sentais de moins en moins mon bras. J'essayai de ne rien laisser paraître, réflexe stupide car les hommes autour de moi étaient si peu curieux de ce qui les entourait que je n'avais rien à craindre.

Lorsque nous sommes enfin sortis de la grande forêt et que nous avons atteint le haut d'une colline, j'ai entendu de longs sons plaintifs. Les hommes, autour de moi, étaient parfaitement immobiles. Ils ne semblaient pas avoir entendu. Ils ne regardaient rien. C'était comme si leurs yeux étaient tournés en eux-mêmes et qu'ils étaient absorbés par cette contemplation silencieuse. Je ne savais pas, au fond, qui étaient ces hommes, ce qu'ils attendaient de moi et quelles pouvaient être les raisons qui les avaient poussés à me suivre. Je ne savais pas s'il s'agissait encore d'hommes ou si, au fil des mois passés dans ce camp de nulle part, ils avaient fini par devenir arbres, terre et granit. J'entendais d'étranges cornes de brume retentir au loin. Est-ce que je devenais fou ? Non, nos chevaux frémirent aussi et devinrent nerveux. Personne ne parlait. Je ne savais que faire. Où étaient les ennemis ? Etait-ce le signal de leur charge imminente ? Je regardais tout autour mais ne voyais rien. C'est alors qu'un nuage immense monta dans notre direction. Une brume épaisse courait à ras de terre et avalait tout. Elle remontait la pente de la colline, bientôt nous n'allions plus rien voir, bientôt, tout, autour de nous, serait nuage et opacité. Les Barbares, probablement, se cachaient dans la brume, à moins que ce ne soit le nuage lui-même qui ait poussé ces longues plaintes guerrières ? Nous étions sur la crête de la colline, serrés les uns contre les autres, reculant le plus possible l'instant où le nuage nous atteindrait, mais cela ne servit à rien. En quelques secondes, il nous happa et nous ne vîmes plus rien à cinq mètres. Pendant un temps, il ne se passa rien. Tout était ouaté. Puis je perçus le bruit étouffé d'une flèche et je vis mon voisin vaciller, la gorge transpercée. Trois autres flèches étaient plantées dans son cheval et il s'affaissa sans un bruit, avec mollesse. Je piquai les flancs de ma bête pour ne pas rester là. Comment faisaient-ils pour viser dans cette brume épaisse ? Maintenant j'entendais des bruits d'estocs et des cris étouffés. Des silhouettes informes couraient en tous sens, poussant des grognements voraces, mi-singe mi-ours. Combien étaient-ils ? A quoi ressemblaient-ils ? Nous allions mourir sans même les voir. J'ai donné des coups, avec rage au hasard. J'ai senti que je perçais des ventres. J'ai vu des corps tomber. J'ai entendu des gémissements sous les sabots de mon cheval. Tout, autour de moi, suait, grognait et se tuait. J'appelai mes soldats pour que nous fassions bloc mais personne ne répondit. Je ne pouvais me battre qu'avec ma main valide. De l'autre, j'essayais de tenir les rênes de mon cheval mais je n'y parvins pas longtemps. Je fus désarçonné et je tombai de tout mon poids sur cette terre humide à moitié assommé. Il me fallut toute ma volonté de soldat pour trouver la force de me relever et donner encore, çà et là, quelques coups à des corps que je sentais passer. Puis tout devint calme, un calme horrible de mort. Je tombai à genoux, épuisé et terrorisé.

C'est alors que la brume se mit à reculer, comme une mer qui se retire laissant derrière elle une plage jonchée de cadavres. Le nuage a dévalé les pentes de la colline et le monde, à nouveau, fut visible. Autour de moi, sur des centaines de mètres, les corps éparpillés de notre colonne. Ils étaient tous là, étranglés, transpercés, écrasés sous leurs chevaux, morts, ou agonisant dans la boue. J'ai cherché les cadavres de nos ennemis, je n'en ai trouvé que quelques-uns… C'étaient des masses emmitouflées dans des peaux de bête, les cheveux longs et les mains épaisses. Nous n'avions tué que deux ou trois des leurs. Une horrible idée m'a alors traversé l'esprit : et si nous nous étions mis en pièces les uns les autres ?… Pouvais-je dire avec certitude que, dans la mêlée du combat, je n'avais frappé que mes ennemis ?… Ils n'avaient peut-être fait que lancer l'attaque, puis nous nous étions mutilés nous-mêmes…

J'étais seul maintenant. Le dernier Romain en terre étrangère. Le corps à moitié mangé par la gale ou Dieu sait quelle fièvre... Incapable de marcher sans boiter. J'étais seul. Les mains baignées probablement du sang de mes soldats. J'aurais pu me couper la gorge à cet instant, pour que tout finisse. Personne, alors, n'aurait jamais su que nous avions existé. Une petite colonne romaine avalée par la brume. J'aurais pu. Mais quelque chose m'appelait. Je voulais voir plus loin. Alors j'ai rassemblé mes forces et j'ai quitté la colline sans un regard pour ceux que je laissais derrière moi. Je n'avais plus peur. Je n'avais pas le sentiment d'avoir subi une défaite ni d'aller au-devant de dangers. Il me semblait juste ne plus être vivant.

Il m'était devenu difficile de marcher. Ma jambe gauche était dure comme un bout de bois, mon bras paralysé. J'étais comme mangé par la rouille. J'ai trouvé une épaisse branche de chêne et je me suis appuyé sur elle. Je n'ai pas eu longtemps à attendre. Dès que je fus au pied de la colline, j'ai vu surgir un Barbare. Il n'avait pas les mêmes habits que ceux qui nous avaient attaqués. Sa peau était mate. Son visage plat. Il me scrutait avec de grands yeux ronds, sans bouger.

Longtemps, il observa la façon que j'avais de marcher, puis il s'approcha. C'était une masse immense de peaux et de cheveux mêlés. Je crus qu'il allait se jeter sur moi, mais ce n'est pas ce qu'il fit. Il semblait plutôt désireux de m'escorter là où j'allais. J'attendis un instant, puis, voyant que le coup ne venait pas, je repris ma marche, claudiquant comme une fourmi à qui des enfants méticuleux auraient arraché les pattes arrière. Bientôt les Barbares apparurent tout autour de moi. Ils faisaient tous comme le premier : ils s'approchaient, m'observaient avec la curiosité d'un singe devant un objet nouveau, et finissaient par m'escorter. Ils parlaient une langue gutturale où les mots semblaient des toux. Ils avaient le visage épais, sans beauté, et s'aggloméraient autour de moi, veillant bien – je le remarquai avec étonnement – à ne pas me toucher. Pourquoi ne m'achevaient-ils pas ? Que voulaient-ils ? Voir jusqu'où me porteraient mes forces ? Elles m'ont porté jusqu'à leur camp. Après une heure de marche, j'ai atteint une plaine immense et je suis resté bouche bée. A perte de vue, couvrant la terre jusqu'à l'horizon, campait une armée au repos. Des milliers, des dizaines de milliers d'hommes étaient là. Chevaux, paquetages et tentes, tout était entremêlé. Il était évident qu'ils n'étaient pas d'ici, qu'ils venaient de plus loin. C'était un peuple de Barbares venu du fond des mondes, avec leur rage d'hommes antiques et leur corps épais. J'étais devant une armée qui, par sa taille, pouvait éclipser le monde.

Comme je ne savais que faire, j'ai continué à marcher. Les hommes, çà et là, se retournaient sur mon passage, étonnés par cette silhouette boiteuse qui venait les perturber. Tous ceux que je dépassais, bientôt, se mirent à m'indiquer une direction. Ils voulaient me mener quelque part. J'arrivai devant un homme robuste, plus petit que les autres et mieux habillé. Il avait sur le bras – je le vis tout de suite – des lettres romaines tatouées au fer rouge, un ancien esclave sûrement. Il m'observa avec calme, écoutant les commentaires de ses soldats puis, dans un romain de fange, il m'ordonna d'enlever ma cape. Il voulait voir mon bras et ma jambe. Je m'exécutai. Lorsque ma cape tomba à terre, ce que je vis me stupéfia moi-même : mes membres étaient nécrosés. Les veines de ma jambe étaient devenues noires. Je n'avais pas pensé à regarder auparavant. Je découvris ce spectacle en même temps qu'eux. Un immense hourra accueillit la vue de mon corps. Les visages épais de ceux qui m'entouraient s'illuminèrent. L'ancien esclave, comme les autres, jubilait. Il m'expliqua que la mort était sur moi. C'était un bon présage pour eux. J'étais le premier soldat de l'Empire romain qu'ils voyaient, et ce premier ennemi qui s'avançait vers eux était rongé par la maladie. Les dieux étaient de leur côté. Rome était pourrie et plus rien ne pourrait les arrêter. Je compris alors qu'ils ne me tueraient pas. J'étais de bon augure – le signe de leur futur triomphe.

Je songeai un instant à me donner la mort moi-même, là, devant eux, mais avant que je puisse faire quoi que ce soit, ils m'amenèrent un cheval. Je pensais qu'ils voulaient que je parte. Ils m'aidèrent à monter dessus. J'enfourchai la selle avec difficulté. Je me dégoûtais moi-même : on eût dit un gros insecte malhabile. Lorsque je fus sur ma monture, dominant d'une tête les tentes du campement, je vis un spectacle inouï : le camp, sur des kilomètres, se mettait en mouvement. Les Barbares faisaient leur paquetage, harnachaient leur bête et montaient à cheval. Je compris alors qu'ils allaient m'emmener avec eux.

Je suis la mort à cheval. Mes jambes ne bougent plus. Si j'étais à terre, je serais un cloporte que les enfants tyrannisent par jeu, mais les Barbares m'ont hissé sur un cheval et j'avance avec eux. Qui sont-ils ? Je ne sais pas. Je n'ai jamais rien vu de semblable.

La mort est en moi, je la sens. Elle a décidé de me manger lentement en prenant tout son temps. Non pas qu'elle veuille me faire souffrir – il n'y a, dans cette paralysie, aucune douleur autre que celle de se sentir devenir un corps impotent, non, c'est autre chose. Elle a décidé de faire de moi son étendard. Je suis le guerrier valeureux dont elle vient à bout sans effort. Je suis l'homme solide qu'elle sape avec minutie. Je suis le géant qui vieillit, le chef qui se met à trembler. C'est cela que j'annonce à ceux qui me voient. Elle s'est logée en moi à l'instant où j'ai percé le ventre de Caïus. Je le sais maintenant, il y avait dans ce meurtre quelque chose de pourri. C'est elle ensuite qui m'a réveillé la nuit pour que j'aille le déterrer. J'ai commencé à perdre le contrôle de mes nerfs, de mes muscles, de mes idées. C'est bien ainsi. On ne peut pas tuer pareil homme sans mourir soi-même.

Je suis celui qui n'a qu'un bras, qu'une jambe. La moitié de ma bouche s'affaisse dans un rictus de tristesse. Je marche aux côtés de ces hommes qui ne parlent pas, ne me regardent même pas. Ils vont droit sur le camp que je tenais quelques jours plus tôt. Oh comme j'ai vieilli depuis. Je reconnais la route. Je ne dis rien. Ils marchent sur le fort le plus avancé de l'Empire, ce pitoyable campement dont je sais qu'un souffle de vent suffirait à le faire tomber.

Lorsque nous sommes arrivés devant le fort, il m'a semblé infiniment petit. Les Barbares ne se sont pas pressés pour l'attaquer. Ils ne semblaient ni inquiets, ni impatients. Ils n'en ont fait qu'une bouchée. Ils n'ont même pas chargé. Ils ont marché, au pas lent de leurs bêtes épaisses. J'ai reconnu certains de mes hommes, saisis d'effroi. Ils ont essayé de se battre, puis ils ont essayé de fuir, mais ils sont morts dans cette humidité éternelle qui semblait engluer toute chose. Certains d'entre eux m'ont peut-être aperçu avant de tomber ? Qu'ont-ils compris de tout cela, je ne sais pas. Les cavaliers barbares ont avancé avec une paisible puissance et ont fait tomber les palissades de bois que j'avais moi-même fait consolider du temps où j'étais romain. Nous avons aplati le fort, sans combat, sans cri et la muraille s'est ouverte. Je l'ai senti. Un vent froid s'est glissé dans l'Empire. Le premier coup venait d'être porté à Rome sans qu'elle s'en aperçoive et le mur d'Hadrien s'est fissuré, laissant passer des sons que l'on ne connaissait pas et des odeurs de nulle part. Est-ce que Rome le sentait, là-bas, dans son opulence paisible ?

Je suis parmi une armée d'hommes aux mains rugueuses dont je ne comprends pas la langue. Ils vont tout dévorer. Je ne savais pas que c'était à cela qu'il allait m'être donné de participer. J'ai cru, toute ma vie, que je serai le gardien de l'Empire mais je suis l'homme qui le perce. Des siècles d'empereurs vont s'achever. Les statues du Forum vont se mettre à gémir. Un bruit sourd et lointain fait déjà trembler les gradins du Sénat. Sous les sabots de la horde barbare, je sens tout autour de moi l'odeur de l'apocalypse et cela me fait du bien.

Je marche à nouveau sur les terres de l'Empire, mais je n'en éprouve aucun soulagement. Tout m'ennuie et me pèse. Je reconnais ces paysages et je pense à ceux que j'ai laissés derrière moi. L'inquiétante présence de la brume me manque. J'aimais cela : être adossé au monde connu et regarder le spectacle infini des pays sans nom.

Les hommes autour de moi n'ont pas changé d'attitude. Je pensais qu'ils allaient me demander de les guider, qu'ils me harcèleraient de questions : "Où sont les places fortes ?" "De combien d'hommes disposent-elles ?" "Quelle est la route la plus rapide pour fondre sur Rome ?" Mais rien, ils n'ont rien demandé. Au contraire, une fois la frontière franchie, ils n'ont plus voulu de moi. Pour la première fois, ils se sont faits menaçants. La mort qui m'habitait les inquiétait peut-être. J'ai dû partir, retourner à mon destin de paralytique. Pour me faire comprendre qu'ils ne voulaient plus de moi dans leurs rangs, certains d'entre eux m'ont piqué le dos avec de longues lances pour que j'avance sans plus me retourner. Ils ont poussé des cris pour effrayer ma monture et j'ai eu du mal à tenir les rênes tandis qu'elle s'éloignait au galop.

Je suis de retour. Je marche sur Rome, seul. Je ne vois plus que d'un œil et je bave comme un chien malade. Je suis leur messager. C'est peut-être pour cela qu'ils veulent que je les précède. Ils ne veulent pas prendre Rome par surprise. Ils veulent qu'elle ait le temps de trembler, de s'organiser, puis de se rendre compte qu'elle ne fera pas le poids et de gémir alors en attendant le coup d'estoc. C'est cela que je dois faire. Je suis le bâtard du bout du monde. Rome s'est moquée de moi. Je suis sale mais je reviens. Depuis des jours, des oiseaux charognards tournent autour de moi. Cela fait fuir les paysannes que je croise et pleurer les enfants. Mais je ne suis rien par rapport à ce qui vient. La nuit est sur mes talons. Ce n'est pas une défaite militaire ou un revers politique qui s'annonce, c'est l'éclipse du monde. Des hommes venus de loin vont nous balayer sans que nous ne connaissions rien d'eux. Nous n'aurons pas même le temps de parlementer ou de nous rendre. Ils vont tout plonger dans le passé. Ils ne veulent pas de notre reddition, ils veulent nous marcher dessus. C'est la fin d'un empire qui semblait devoir durer toujours. Tant qu'il est temps, la mère devrait dire adieu à l'enfant, le paysan brûler son champ, les vieillards feraient mieux de se suicider – au moins mourraient-ils en hommes libres. Mais tout le monde continue à vivre, ignorant de ce qui se prépare. Et pourtant, je le dis : le ciel désormais n'aura plus de couleur. Je suis le bâtard du bout du monde. J'aurais dû mourir là-bas mais je reviens pour dire que tout va finir. La grande muraille romaine est trouée. Les Barbares sont en marche. Ils n'ont pas de noms. Tout s'achève. Je précède l'orage de quelques heures. Les statues seront mises à bas, les temples brûlés, la langue que nous parlons s'oubliera. Je vous apporte la peur et le cauchemar. Leurs chevaux nous mangeront le crâne. Nous ne lutterons pas – ou mal. Il n'y a rien qui puisse être fait. La rumeur sourde de leur pas est derrière moi. Combien d'avance ai-je sur eux ? Un jour ? Dix ? Deux mois, peut-être ?… Qu'importe. Quelque chose me suit qui ne s'arrêtera pas.

Je suis en haut de l'Aventin. Rome est là, au creux des collines, étalée comme un chat au repos. Tout est vert et lumineux ici. Je pénètre dans la ville au matin, la mine sale et le regard abîmé. De partout autour de moi montent le bruit des échoppes que l'on ouvre, les conversations des patriciennes et de leurs servantes. J'avance dans les rues. Le monde est là, se vendant, se souriant, se prostituant, inlassablement.

Je retrouve ma ville et je reste bouche bée. J'avais oublié sa beauté lascive, brunie par le soleil. Rome, ville superbe où les hommes se déplacent avec la suavité des chats. Rome, aux murs ocre et aux statues d'éternité où les bougainvilliers mangent avec harmonie les façades des palais. Rome, où tout est patiné par le temps et la douceur du ciel. Rome, où cent mille esclaves s'échangent, jour et nuit, les odeurs de l'Empire. Rome, ville crasseuse de la puanteur de ses marchés et luxueuse de l'or de ses conquêtes. Je suis là. Je descends de cheval. Je veux sentir le pavé de mon enfance sous mes pas.

Je marche comme un handicapé, faisant de grands mouvements grotesques avec mes bras. J'ai les larmes aux yeux.

Je suis d'ici, moi, le bâtard du bout du monde. Je retrouve la lumière de ma mère. Les cris des enfants qui courent au milieu des ruelles sont ceux que j'ai poussés. Je suis chez moi. Je reviens dans la ville qui m'a vu naître et je me mets à pleurer car je sais que tout cela va disparaître. La lumière est douce. Les femmes marchent avec volupté. Je suis le cloporte inutile, le messager qui se tait. Je contemple tout ce qui vit autour de moi et je sais que tout sera détruit. Le garçon qui vient de me dépasser pleurera bientôt de terreur en se blottissant contre sa sœur. Le palais contre lequel je m'accoude brûlera en emportant avec lui un parfum de siècle empoussiéré. Les routes seront saccagées, la lumière elle-même, qui caresse aujourd'hui les peaux et fait chatoyer les cheveux, deviendra terne. Oh, comme il est triste de savoir. Je suis celui qui regarde ce qui va mourir et n'a plus la force de parler. Je me remplis les yeux de ce que je vois. Je sais que tout cela existe pour la dernière fois.

Ma ville, ma belle ville de chaleur, bruyante et putassière. Le plus laid de tes fils revient et il amène la mort derrière lui. Elle avance vite et sera bientôt là. Pardonne-moi. J'ai troué la muraille et tout va s'écrouler. Je n'ai pas la force de le dire. Qui pourrait le croire ? Tout est si calme aujourd'hui. Je ne parle plus. Ce que je sais ne tient pas dans les mots que je connais. Ma ville. Je ne peux plus rien faire. Je m'assois dans tes rues, tête basse, et je me mets à grogner. Je pousse de longs gémissements inarticulés comme un cerf à l'agonie ou un ours au combat. Je gémis de toutes mes forces – je ne peux faire que cela – mais ils ne comprennent pas. Cela fait rire les enfants. J'essaie encore. Je crie mais je vois, dans le regard de ceux que je croise, qu'ils me prennent pour un dément. Ils n'entendent pas la brume des forêts de Darie et l'avancée des Barbares. Ils n'entendent pas le vent froid et la fin de l'Empire. Alors je me tais. Je lève la tête et embrasse une dernière fois du regard les rues de ma ville. Rome. Tout est beau aujourd'hui. Rome. Je jure de t'aimer, ma triste ville, de t'aimer jusqu'au dernier souffle, jusqu'à l'instant où le premier cavalier paraîtra, où les patriciennes se mettront à crier, où le peuple entier réalisera que rien ne peut plus empêcher le ciel de se voiler. Je jure de t'aimer, et au moment du saccage, tu sentiras mes larmes, sur tes pierres, mes larmes, doucement, couler.

2007-2010
(Paris)

JE FINIRAI À TERRE

Pour Solange et Henri Fromm,
amis de toujours.

Longtemps, j'ai cherché mon chemin dans le froid et la nuit tombante. Je n'aurais jamais pu imaginer que je finirais ici, allongé de tout mon long, à terre, sans souci de la neige qui me tombe sur le dos, incapable de bouger, terrassé par la peur. Je n'aurais jamais pu penser que les hommes puissent finir ainsi et qu'il serait un jour où je n'oserais plus me lever de peur de voir les nuages fondre sur moi et les arbres m'écraser.

A la fourche d'Auzincourt, je pris la mauvaise route et cela me mena jusqu'au bourg du Tilloy. Je perdis deux heures. Il fallut que je revienne sur mes pas. La neige se mit à tomber alors qu'il devait être dix heures du soir. J'étais une ombre transie sur les routes. Les semelles de mes chaussures étaient usées et je ne tardai pas à avoir les pieds trempés. Je mis les mains dans les poches de ma vareuse, je baissai la tête. C'est à cette heure-là que le canon commença à tonner : des coups sporadiques d'abord, puis de plus en plus nourris. Ils pilonnaient les avant-postes au 77. De gros flocons de métal faisaient éclater les tympans des gars de là-bas. C'était exactement la direction que je devais prendre et, bientôt, chacun de mes pas semblait déclencher un tir d'obus. Je me rapprochais du front. Droit dessus. Le ciel, à l'horizon, se teintait de lueurs jaunes et orangées. Chaque explosion faisait comme un coucher de soleil incendiaire. C'était le signe, au moins, que j'étais dans la bonne direction et la fatigue se fit sentir avec moins de poids dans les jambes.

Après une heure de marche, j'arrivai au hameau de Vaizier. Les fermes, dans la nuit, étaient des bâtiments austères, immobilisés dans le givre. Tout était calme. Je m'approchai. Le hameau était tel qu'on me l'avait décrit au Tilloy : six bâtisses le long de la route, puis, un peu à l'écart, une septième. C'est vers celle-là que je me dirigeai. Le bruit du canon était plus fort ici. Je sentais la terre qui tremblait légèrement sous mes pieds. Nous n'étions qu'à un ou deux kilomètres du front. Des hommes mouraient là-bas, à quelques minutes de marche de moi, des hommes qui s'ensevelissaient la tête sous la terre pour échapper à la fureur du feu. Je connaissais tout cela. Il me semblait presque pouvoir sentir leur peur dans l'air, leur peur, charriée par le vent du nord, qui léchait les parois des fermes et s'incrustait dans le bois des portes.

Je quittai la route en direction de la septième ferme. Je m'enfonçai dans la neige jusqu'aux genoux. Aucun sentier n'avait été fait. Ou cette ferme était vide depuis longtemps ou celui qui y habitait n'était pas sorti depuis le début de l'hiver.

Je vis tout de suite qu'il y avait de la lumière au rez-de-chaussée. Une pâleur vacillante de bougie. Cela m'étonna. Les fermiers sont plutôt avares de leur bougie d'ordinaire et l'armée avait donné des consignes de prudence.

Je me frayai un passage jusqu'à la porte principale. Mon uniforme était couvert de flocons. Je le secouai machinalement pour que la neige en tombe et je frappai. Un temps long s'écoula. J'entendis des bruits de sabots sur le bois du plancher. Au loin, le canon continuait de gronder. Puis enfin la porte s'entrouvrit. Je distinguais mal l'homme que j'avais en face de moi, comme il devait, lui aussi, mal me voir. Je dis d'une voix claire pour désarmer l'inquiétude :

"Gaston Brache, caporal au 5e régiment.

— Qu'est-ce que vous me voulez ? répondit le fermier.

— Laissez-moi entrer, je viens de la part du capitaine Dastorel", mais la porte ne s'ouvrait toujours pas, alors j'ajoutai : "Il faut que je vous parle de Germain Bricombes."

C'est seulement à l'évocation de ce nom que l'homme ouvrit la porte. Il me dévisagea avec méfiance mais me laissa entrer.

Lorsque j'enlevai ma vareuse dans le vestibule, il la prit et l'accrocha lui-même. Il avait l'air plus détendu. Je tapai mes semelles par terre pour en faire tomber la neige mais ce geste sembla l'énerver et il murmura, les lèvres serrées :

"Ne faites pas trop de bruit."

Je levai les yeux vers l'étage. Qu'y avait-il là-haut ? Des enfants endormis ? Un vieillard mourant ? A moins que ce ne soit le canon allemand qu'il n'ait peur d'attirer avec nos petits bruits d'hommes vivants.

"Je ne serai pas long", dis-je pour le rassurer sur mes intentions. Mais là encore sa réponse me désarçonna.

"Il n'y a pas le feu. Ça fait une trotte de venir jusqu'ici. Vous pouvez vous réchauffer cinq minutes."

Je retrouvai dans son visage, le temps d'un instant, les traits bons et épais du paysan qu'il avait dû être toute sa vie, penché sur la terre d'Artois, mais la tranquillité fut vite chassée par une ride d'inquiétude. Quelque chose le harcelait. La solitude. La peur. Cette guerre si proche qui devait l'empêcher de dormir. Je ne savais pas. J'étais sur le point de lui demander s'il était victime du maraudage de poilus affamés, mais je ne le fis pas. Ce ne devait pas être ça. Malgré son âge – soixante ans peut-être – le vieil homme n'était pas du genre à se laisser effrayer par des soldats en errance. Alors quoi ?

Le canon continuait de gronder au loin. Il posa deux verres sur la table et ouvrit une bouteille de rouge. A chaque nouvelle explosion les verres tintaient légèrement.

"Tant qu'ils pilonnent, ils n'avancent pas", dit-il et sa voix était si lugubre que l'envie me prit d'ajouter "amen". Il but son verre d'une traite et je le regardai avec pitié car il y avait dans sa hâte quelque chose de ceux qui savent que leur vie ne durera plus très longtemps.

“Germain Bricombes est mort.”

J’avais tourné cela de mille façons dans ma tête, ne sachant quel lien unissait les deux hommes et quel choc cette annonce produirait sur le fermier, mais finalement le plus simple était encore d’annoncer la chose telle qu’elle était. Le vieux ne sembla pas chagriné. Il se resservit du vin rouge, eut un geste vague pour lever son verre et but à nouveau, la tête penchée sur la table, regardant fixement les nœuds du bois.

“Avant de mourir, il a dit quelque chose, ajoutai-je. Quelque chose qu’il a voulu qu’on transmette au capitaine Dastorel.

— Je vous écoute.

— Il a dit : *Je n’ai pas pu le contenir*.

— C’est tout ?

— Oui.”

Il y eut un long silence. Le visage du vieil homme n'avait pas tressauté mais, seconde après seconde, ses traits se creusèrent. Peut-être était-ce la lumière de la bougie ou cette heure de la nuit, avec le canon, toujours, au loin, qui grondait, mais il paraissait décharné et rongé par les peurs comme un homme qui aurait survécu à de grands cataclysmes et s'apprête à les voir ressurgir à tout moment. Une seconde, il eut un léger tressautement de la main, mais il contint sa nervosité et je détournai la tête pour ne pas l'embarrasser. Je n'avais aucune idée de ce que tout cela signifiait et je ne tenais pas à le savoir. La nuit était froide et j'avais encore quatre heures de marche devant moi – si je ne me trompais pas de chemin.

"Qu'en dit le capitaine ? demanda le vieux avec une voix posée, comme s'il prenait sur lui de conserver son sang-froid.

— Il est mort", dis-je doucement.

C'est alors que son visage devint livide.

"Vous m'avez dit que vous veniez de sa part… ?" me demanda-t-il en se levant d'un coup.

J'essayai de le calmer. Je parlai avec une voix douce et posée. Je lui expliquai que le capitaine, avant sa mort, m'avait fait promettre de m'acquitter de cette mission au cas où il lui arriverait quelque chose.

"Quand est-il mort ? demanda le vieil homme avec une anxiété qu'il ne parvenait plus à contenir.

— Il y a quatre jours."

Ma réponse ne sembla pas lui plaire. Il maugréa en m'accusant d'avoir trop tardé. Je commençais à être fatigué de sa peur et de sa mauvaise humeur. Je fus sur le point de me lever pour mettre un terme à cet entretien lorsqu'il me demanda :

"Qu'avez-vous fait de la caisse ?

— Quelle caisse ?

— La caisse du capitaine... Une caisse en bois... Il ne vous l'a pas montrée ?... Est-ce qu'il l'a donnée à quelqu'un ?... Un homme de confiance ?...

— Je crois qu'il n'a pas eu le temps.

— Comment ça ?

— Il est mort dans l'explosion de sa cabane. Tout a sauté. La tranchée entière, retournée. Les Boches avaient creusé pendant des jours et des jours sous nos pieds et ils ont bourré les galeries d'explosifs. Des dizaines de types sont morts en une seconde. J'aurais dû en être, moi aussi... J'étais toujours à ses côtés, mais ce jour-là il m'avait envoyé voir le maréchal-ferrant."

Il me regarda avec des yeux tristes puis se rassit, courbé par l'accablement.

"Tout a sauté ? demanda-t-il encore.

— Oui.

— Alors, c'est qu'il se reconstitue."

Je ne compris pas ce qu'il voulait dire, mais je ne voulais pas lui poser de questions. Il était tard. J'avais fait ce que je devais faire et il était temps de repartir. Je me levai doucement mais il me posa la main sur le bras et me dit, avec une voix déchirée, à la fois suppliante et rageuse :

"Restez, je vous en prie."

Et, avant que je puisse répondre quoi que ce soit, un son sourd retentit à l'étage, comme quelque chose qui tombe sur le plancher. Il sursauta et je vis, sur son visage, l'expression de la peur la plus pure. J'en avais vu, des visages apeurés : celui des jeunes recrues qui montent pour la première fois au front, celui des vieux qui craquent d'un coup parce que c'en est trop et qu'ils ne supportent plus le pilonnage qui les rend fous, celui des survivants qui poussent la porte de l'infirmerie en sachant qu'ils auront du mal à reconnaître leurs copains à la gueule arrachée. Je connaissais les visages de la peur mais ce que je vis sur les traits du vieillard, à cet instant, les dépassait tous.

"Vous avez entendu ?" me demanda-t-il.

Je fis oui de la tête.

"Il bouge", ajouta-t-il.

Je voulus lui demander de qui il parlait, qui était là-haut qui lui faisait si peur et s'il voulait que je monte avec lui, mais il ne me laissa pas le temps de parler, il alla chercher un couteau de cuisine et le posa sur la table.

"Les caisses bougent, dit-il. J'ai d'abord cru que je devenais fou ou que je me trompais… La première fois, c'était en pleine nuit, il y a dix jours… Ça m'a réveillé. J'ai cru à un mauvais rêve et je n'y ai pas prêté attention… Mais ça a recommencé."

Tandis qu'il parlait, il avait l'air d'un fou. Il brandissait son arme avec véhémence et je ne savais pas si c'était pour se défendre d'un mystérieux danger ou pour me menacer.

"La caisse là-haut, poursuivit-il en pointant du doigt l'étage, c'est la même caisse que celle du capitaine

Dastorel et que celle de Germain Bricombes. Je l'ai mise dans une pièce où il n'y a rien d'autre. La porte, je l'ai verrouillée… Mais vous avez entendu… ? La caisse bouge.

— Qu'est-ce que vous me racontez ? dis-je avec un ton impatient, presque fâché devant tant d'inepties.

— Asseyez-vous", hurla-t-il alors. Et je sentis, à cet instant, que, si je faisais un pas de plus, il me tuait. Je n'avais pas peur mais je trouvai plus prudent de lui laisser le temps de se calmer.

Je m'assis, bus encore une gorgée pour bien lui montrer qu'il n'y avait aucune raison de s'emporter. Cela sembla le rassurer. Il s'assit à son tour et posa même son couteau, puis il me dit :

"Vous croyez en la terre ?

— Qu'est-ce que ça veut dire ? répondis-je, un peu désarçonné par la question.

— Que la terre vit, vous y croyez ? reprit-il avec la main qui tremblait à nouveau.

— Mes parents étaient paysans, dis-je. Je sais ce qu'elle donne et les soins dont il faut l'entourer."

La réponse sembla lui convenir. Il me regarda longtemps comme pour voir s'il restait en moi quelque chose du monde paysan que je venais d'évoquer, puis il parla avec une voix lourde :

"C'est bien… Vous comprendrez alors… Oui, elle vit. Si vous ne le croyez pas, vous me prendrez pour un fou et ce sera tant pis pour vous… Mais elle vit… Elle est là, sous nos pieds, sentant obscurément notre présence. Nous l'avons offensée. Nous l'avons gravement offensée et sa colère est sur nous.

— Sa colère ? demandai-je.

— Je vais tout vous raconter", dit-il et il me resservit.

En juillet 1914, le petit village de Sombrette attendait la mort du vieux Fosquin. Cela faisait cinq jours que le vieil homme s'était alité. Il était si maigre que sa fille, Jeanne, qui lui donnait à manger deux fois par jour un simple bol de soupe, arrivait à le relever d'une seule main pour lui porter la cuillère aux lèvres.

Le vieux Fosquin devait avoir dans les soixante-dix ans. L'imminence de sa mort ne surprit personne au village. Ses trois fils revenaient tous les soirs des champs en posant la même question à leur sœur : *"Alors ?"* et tous les soirs Jeanne faisait signe de la tête que non. Le temps passait et le vieil homme ne voulait pas mourir. Il continuait à perdre ses forces, à maigrir, mais il tenait. Les périodes où il était lucide étaient de plus en plus courtes mais il ne mourait pas.

Au bout de dix jours, les habitants du village finirent par trouver cela presque inconvenant. On avait déjà fait venir le curé deux fois pour l'extrême-onction et, même si personne n'aurait osé le dire, il en était beaucoup pour penser que le vieux Fosquin devait lâcher prise et accepter de passer. D'autant qu'il y avait des bruits, de plus en plus pressants, qui disaient que la guerre était pour bientôt. Il n'y aurait pas de place dans ce monde de tourments et de lutte pour les vieillards moribonds.

Puis, au premier jour du mois d'août, ce fut la mobilisation. Le tocsin sonna. En un instant, le village fut en ébullition. La nouvelle courait, implacable et violente. Dès les jours suivants, la saignée commença : les hommes quittaient leurs champs, laissant à leur épouse ou à leurs fils – de grands gamins dégingandés au regard ahuri – la responsabilité de la ferme. Ils montaient dans des trains ou des charrettes qui les emmenaient plus au nord. Ils disaient au revoir de la main, le visage inquiet et les gestes lents.

On oublia l'agonie du père Fosquin. Les épouses pleurèrent et préparèrent des musettes remplies de cochonnailles. Les mères accrochèrent au cou de leurs fils des pendentifs pour que la Vierge veille sur eux, puis tout le village plongea dans le silence.

La première nuit sans les hommes fut froide comme un courant d'air.

Jeanne pleura longtemps dans la cuisine. Les trois frères étaient partis. Elle restait là, avec la ferme trop grande et le vieux père qui ne voulait pas passer.

Lorsque l'heure du souper fut arrivée, elle monta dans la chambre avec un bol chaud de soupe de pommes de terre. Le vieil homme lut peut-être ce qu'elle avait dans les yeux car au moment où elle s'en alla, après lui avoir donné trois cuillerées et essuyé le menton, il se redressa et murmura :

"Je serai encore utile."

Jeanne crut qu'il parlait de la ferme, de l'absence des trois garçons qu'il allait falloir combler aux champs, et elle sourit tristement. Elle ne répondit rien car elle ne voulait pas le blesser mais, à cet instant, elle pensa que le plus utile serait de mourir car cela, au moins, la libérerait d'une tâche.

Elle s'était trompée, le vieux ne parlait pas des champs. Il savait bien qu'il n'aurait plus la force de tenir une faux ou une bêche. Mais dans la nuit il avait les yeux qui brillaient. Il sentait que quelque chose se préparait, quelque chose d'obscur qui l'attendait et pour quoi il se sentait prêt.

A partir de ce jour et pendant les semaines qui suivirent, son état ne cessa de s'améliorer.

Les hommes étaient partis. Le silence était tombé sur tous les villages alentour. Les journées des femmes étaient longues et éreintantes : elles allaient et venaient, de la ferme aux animaux, de la cuisine aux chambres d'enfants. Leurs mains se couvraient de cals, leurs dos se voûtaient. Elles usaient leur santé.

Les champs furent abandonnés. Les meules de foin laissées sur place, comme des huttes de paille sous le soleil immobile. Elles se desséchèrent, puis les premières pluies tombèrent, et elles commencèrent à pourrir. Elles restèrent là, dans les champs, à perte de vue, inutiles et gorgées d'eau. Elles s'affaissèrent doucement et commencèrent à moisir.

Au sommet de la colline du Prieur, les hommes avaient laissé une charrue, embourbée dans un sillon inachevé. Le cheval avait été dételé, mais les femmes n'avaient pas rentré la machine et elle resta penchée légèrement, enfoncée dans cette terre comme un vaisseau dans les sables. Chaque nouvelle averse l'enfonçait un peu plus. Chaque goutte d'eau amollissait son bois davantage. Une araignée vint tisser sa toile, là, entre la terre et le soc. L'herbe poussa le long des roues et les corbeaux se posèrent sur le vieux bois rongé de mousse.

C'était ainsi sur des centaines de kilomètres. Partout les hommes étaient invisibles. Partout des herbes sauvages reprenaient leurs droits. Les murets de pierre qui délimitaient les propriétés s'affaissaient au gré des vents, sans violence, sans à-coups. La pluie effaçait les chemins de terre, inondait les champs. Seul le vent parcourait encore les collines, passant ses longs doigts dans les cheveux des prés.

La terre, dans ce grand silence inquiet, commença à se demander ce qu'étaient devenus les hommes.

Elle cherchait une trace, une présence, mais ne trouvait rien. Plus aucun pied ne la foulait. Elle sentait les animaux sortir plus souvent, s'attarder plus longtemps dans les champs, à découvert, et s'aventurer dans les endroits où ils n'allaient jamais auparavant. Elle ne pouvait plus douter qu'elle avait été désertée.

Et puis, soudain, le premier obus explosa. La charrue de la colline du Prieur trembla légèrement. Le grondement lointain fit tomber les gouttes de rosée accrochées à la toile d'araignée. Les premiers coups furent suivis d'autres. La terre par endroits éclatait en mottes noires. Cela dégageait une fumée sale qui courait longtemps le long des champs. La terre sûrement reconnut la guerre : les hommes qui tombent, les trous que l'on fait en son sein, tombeaux et explosions, elle avait déjà été tant de fois objet de combat. Elle avait déjà tant de fois senti des incendies courir sur elle, des projectiles s'enfoncer en elle. Elle avait déjà été tant de fois martelée par le bruit sourd de bataillons qui marchent au pas lent de la mort. Elle connaissait tout cela : le tambour et l'éclair. Elle savait qu'il n'y avait qu'à attendre. Attendre que les hommes s'épuisent, battent en retraite et capitulent. Cela n'avait jamais empêché les corbeaux de croasser. Mais cette fois, c'était différent. Lorsque les premières fumées se furent dissipées, elle se rendit compte que jamais auparavant les coups qu'on lui avait portés n'avaient été aussi durs, que jamais ils ne lui avaient creusé dans la peau d'aussi profonds cratères. Cette fois, les hommes marchaient sur elle avec une pesanteur nouvelle. Ils étaient plus nombreux. Ils faisaient plus mal. Le temps passait et ils ne faiblissaient d'aucune fatigue. C'est alors que la peur vint et elle ne cessa de croître.

De la colline du Prieur à la plaine du Meunier, chaque bosquet, chaque motte de terre fut pris et repris, plusieurs fois par jour. Puis, lassés de ces assauts qui étaient toujours suivis de replis, les hommes arrêtèrent, s'installèrent et creusèrent. Les tirs d'obus, alors, se multiplièrent.

Elle espéra un temps qu'il ne s'agissait que de la nourrir. Comme tant de fois auparavant. Elle n'avait jamais dédaigné les corps qu'on enfouissait en elle. Elle les accueillait, les entourait de sa chaleur d'humus et ils se défaisaient doucement. Mais cette fois les corps abondaient et elle comprit qu'il ne s'agissait plus de cela, que si l'on continuait à enfoncer en elle des morts, c'était juste pour dégager de la place et laisser aux vivants l'espace de lutter.

Trop de corps à avaler. Par bouchées successives. Pas même le temps de déglutir. Les hommes bourraient le sol de cadavres encombrants et, comme il y avait de moins en moins de place et de moins en moins de temps, ils creusaient de grandes tombes à ciel ouvert et y jetaient de la chaux, pensant que cela aiderait la terre à les assimiler. Mais la chaux était pour elle une poudre blanche qui lui brûlait la langue et la faisait cracher. Elle était comme un animal glouton que l'on gave de force tout en lui battant les flancs. Ils l'ouvraient à mille endroits, la retournaient, la saignaient. Ils la forçaient à manger et frappaient sur son ventre bombé. Elle n'avait plus faim. Mais elle devait continuer. D'une main ils la nourrissaient, de l'autre ils la meurtrissaient.

Un soir, du haut de la colline du Prieur, elle se regarda. La charrue n'existait plus. La guerre avait tout avalé. C'était comme de tendre un miroir à un malade qui ne parvient pas à se reconnaître : tout ce qu'il cherche a disparu, ses cheveux sont tombés, il a la gale et le regard rouillé. C'est ainsi qu'elle se vit.

Plus de forêt. Quelques arbres calcinés. Certaines collines avaient été mangées par les coups de dents successifs des mortiers. Des amas de terre, çà et là, avaient poussé. Le relief avait changé. Le sol, partout, était accidenté. Ils l'avaient suturé de fils barbelés. De partout s'échappaient des fumées, comme de la peau d'un grand brûlé. Elle ne se reconnut pas. Elle resta longuement à se contempler. Une douleur immense lui courut sous la peau. Elle cria de toute sa force, oubliant qu'elle n'avait pas de voix, et le vent, ce jour-là, eut l'acidité des appels désespérés.

Longtemps, la terre se demanda quelle offense elle avait faite aux hommes pour qu'ils la condamnent ainsi à cette pluie de grenades. Elle essaya de comprendre. Elle chercha comment se protéger. Enfouir sa tête entre ses mains, se recroqueviller, offrir le moins de prise possible aux coups, se durcir pour les empêcher de la pénétrer comme ils le faisaient, devenir plus dure que les bombes pour que les projectiles rebondissent sur sa peau et explosent aux visages étonnés des hommes : elle aurait aimé, mais elle ne pouvait pas.

Alors elle continua d'encaisser les coups. La haine grandissait en elle. Elle était de plus en plus laide, de plus en plus usée. Elle pensait maintenant que plus rien, jamais, ne pourrait pousser en elle. Trop d'éclats d'obus et de débris d'acier étaient sous sa peau. Elle pensait que bientôt sortiraient de son sein fatigué des arbres de métal, violents et rouillés. Elle n'espérait plus. Et puis l'hiver arriva et il se mit à pleuvoir, sans discontinuer.

Ce fut d'abord un peu de réconfort, comme si le ciel lavait ses plaies. Les coups, bien sûr, continuaient mais elle les sentait moins. Elle devenait plus molle, plus facile à écarteler. Elle s'en inquiéta même, se demandant si les hommes n'allaient pas profiter de cette facilité pour la retourner complètement.

La pluie s'intensifia. Elle inonda les tranchées, fit pourrir le bois des baraques, ralentit le mouvement des camions, mouilla les munitions, noya les caisses de provisions. Tout se transformait en un vaste bourbier. La colline du Prieur coulait doucement, s'affaissait, se liquéfiait de partout. Elle n'était plus qu'un archipel de flaques. Les hommes trébuchaient sans cesse ou restaient dans leurs tranchées, immobiles, comme des soldats de plomb enlisés. Mais au fond, la pluie n'empêchait rien. Elle ralentissait les manœuvres, épuisait les corps et faisait patiner les convois, mais les obus, eux, continuaient de cracher. Ils explosaient dans d'immenses gerbes d'eau et de feu mêlés, maculant le visage des blessés et salissant les nuages. Tout devenait trouble et glissant.

C'est alors qu'elle trouva l'arme dont elle avait besoin : la boue. C'est cela qu'il lui fallait. Elle s'attela à la tâche. A l'ombre de la colline du Prieur, d'étranges bruits se firent entendre. Elle soufflait, suait, travaillait, recommençait sans cesse. Jusqu'à être parfaitement prête.

Bientôt, tous les villages de la région bruirent d'étranges rumeurs. On disait que le bois des Capucins était traversé de hurlements qu'aucun paysan ne parvenait à identifier. On avait vu boire une bête étrange à l'étang de Berriche. Le bétail du hameau de la Poichagne avait été éventré en quelques minutes sans que personne ne voie rien…

Le canon grondait toujours mais la terreur qui montait des terres d'Artois n'avait rien à voir avec la crainte d'une offensive allemande. Les rumeurs finirent par arriver jusqu'aux fermes de Sombrette. Comme partout ailleurs, les femmes les commentèrent avec un mélange de peur et de jubilation. Le vieux Fosquin demanda qu'on lui explique ce qui causait pareille agitation. Sa fille lui rapporta les récits qu'elle avait entendus en lui épongeant le front et en lui lavant les avant-bras. Le vieux Fosquin se raidit. Il fit tomber à terre l'éponge humide que sa fille manipulait et se dressa sur son lit. Ses yeux brillaient comme ceux d'un chat dans la nuit. Il avait le teint pâle et les lèvres tremblantes.

"C'est pour ça", dit-il.

Sa fille prit peur. Elle lui demanda avec un ton poli d'infirmière :

"C'est pour ça quoi, père ?"

La réponse la laissa sans voix. Le vieil homme la regarda droit dans les yeux et lui dit :

"C'est pour ça que je ne meurs pas."

Puis, avant qu'elle ait le temps de dire quoi que ce soit, il repoussa avec force les draps, se leva et entreprit de s'habiller. Jamais, depuis que ses fils étaient partis, il n'était sorti de son lit. Jamais il n'avait montré une vigueur qui aurait laissé supposer qu'il était capable de s'extirper ainsi de sa léthargie d'agonisant.

"Que fais-tu, père ? dit-elle dans l'espoir qu'il recouvre ses esprits et abandonne l'envie de se lever.

— Je suis vieux comme le monde, répondit le mourant. Je connais ces signes. Il n'y a que moi qui puisse la chasser. C'est pour ça que je dure. Si je n'y vais pas, la bête engloutira tout."

Lorsqu'il fut sur le seuil de la porte et que les villageoises se pressèrent autour de lui avec de grands yeux étonnés, il ajouta simplement :

"Il faut faire une battue", comme s'il n'avait jamais quitté la vie du village. A toutes les questions qu'on lui posa, il se contenta de répondre, inlassablement : "Je sais que je la trouverai" et il avait dans la voix tant de volonté que les villageoises finirent par l'écouter. Tout le monde fut réquisitionné : les enfants, les vieillards, tous ceux qui pouvaient tenir un bâton et marcher.

Lorsque enfin tout le monde fut prêt, une cinquantaine de personnes venues de tous les villages avoisinants, le vieux Fosquin donna le signal du départ.

La nuit tomba vite. La pluie ne tarda pas à battre les collines avec rage. Ils marchèrent pendant des heures, ratissant dans un sens, puis dans l'autre les champs qu'ils connaissaient par cœur, des champs qu'ils ne labouraient plus faute de main-d'œuvre et qu'ils retrouvaient avec joie. Ils marchèrent sous la pluie, malgré le froid, écoutant le silence de la nuit pour tenter d'y déceler le moindre son inhabituel. Ils ne savaient pas ce qu'ils cherchaient. Le vieux Fosquin ne voulait répondre à aucune question. Personne ne donna l'alarme. Tout était normal. Ils allaient et venaient. Ils étaient tous trempés de la tête aux pieds lorsque l'orage se mit à gronder. Ce craquement du ciel vint à bout des plus téméraires. Pour tous, la chose était acquise : on ne trouverait rien cette nuit. Il était impossible de voir à plus de dix mètres, tout ce qu'on gagnerait à rester dehors, c'était d'attraper une méchante pleurésie.

Les villageois abandonnèrent leur traque. Dans la furie de l'orage, ils se séparèrent sans grandes embrassades, pressés de rentrer chez eux et de jouir d'un peu de chaleur. Ce n'est que lorsque le petit groupe des habitants de Sombrette atteignit la route qu'une voix s'inquiéta : "Et le vieux Fosquin ?" Ils se regardèrent avec stupeur. Personne n'avait fait attention au vieillard. Il fallut revenir en arrière. Ils cherchèrent dans l'obscurité, sans y croire, en poussant régulièrement de longs cris fatigués : "Fosquin ?!... Fosquin ?!..." L'orage étouffait tout. Au bout d'une heure, les plus acharnés rentrèrent. Il n'y avait rien à faire : ce n'était pas cette nuit qu'on retrouverait le vieil homme. "Peut-être s'est-il abrité", hasarda quelqu'un. "On le retrouvera demain", conclut quelqu'un d'autre, pressé de se coucher. Ils rentrèrent, à peine tourmentés par cet homme qu'ils laissaient derrière eux. Il était tellement acquis que le vieux Fosquin devait mourir, et même qu'il aurait déjà dû être mort, qu'aucun d'entre eux n'avait réellement le sentiment d'avoir perdu un homme.

L'orage fit fureur cette nuit-là. Il empêcha les plus fatigués de dormir et fit gémir la forêt sous le vent.

Au petit matin, c'est le fils Goubineau qui donna l'alarme. Il arriva en courant dans le hameau, rouge comme un nourrisson qui s'étrangle. Son souffle, dans l'air froid de l'aube, faisait une petite fumée blanche qui montait avec lenteur.

Il déboula et se mit à crier avant même d'être à la porte de la maison du père Fosquin.

"On l'a retrouvé !... On l'a retrouvé !..."

Jeanne descendit de sa chambre à coucher en toute hâte. Elle passa un manteau sur sa robe de chambre, rajusta ses cheveux non peignés d'une main engourdie et sortit, le visage crispé d'appréhension. Elle avait compris tout de suite, à la mine du garçon, que le père Fosquin était mort. Sans quoi il aurait donné des nouvelles, il aurait expliqué les soins qu'on était en train de lui prodiguer... Au lieu de cela, il ne cessait de répéter toujours la même phrase. Elle comprit également qu'il y avait plus que sa simple mort, quelque chose d'anormal que le gamin ne pouvait pas expliquer parce que les mots lui manquaient. Il fallait le suivre, simplement cela, le suivre et aller voir.

Elle fit signe au garçon de lui montrer le chemin et ils se mirent en marche. Tous les habitants du hameau la suivirent. C'était une colonne d'une dizaine de personnes, toutes réveillées en sursaut et un peu hagardes, qui traversait les champs encore mouillés de rosée. Ils marchèrent pendant presque une heure, le gamin toujours en tête, jusqu'à arriver au pied de la colline de Beuvron. Ils surent d'emblée que c'était là, car il y avait déjà un attroupement constitué pour la plupart des gens du village de Mosegueuge. Presque tous avaient participé à la battue de la veille et formaient maintenant un cercle silencieux et circonspect. Jeanne fendit la foule et s'immobilisa, tétanisée par ce qu'elle avait sous les yeux : à ses pieds gisait le vieux Fosquin, empalé sur une pique en bois. Le pieu l'avait perforé par l'anus et ressortait au niveau de la cage thoracique, exactement comme s'il avait été soulevé de terre et embroché. De quelle force fallait-il être pour faire pareille chose ? Tous les villageois se le demandèrent, avec terreur. Le visage du mort avait encore une expression de combat, la bouche grande ouverte et les traits tirés, comme s'il luttait de toutes ses forces contre une force invisible qui continuait à le harceler.

Jeanne et l'ensemble des villageois s'étaient préparés à bien des choses mais pas à un meurtre. Ils pensaient retrouver le vieillard mort de froid ou noyé dans le fond d'une rivière. Aucun d'eux n'avait pensé à une mort violente.

Le plus étonnant était ce qu'il y avait aux pieds du cadavre. Une énorme masse de terre noire gisait là. Au premier abord, on pouvait penser à un tumulus mais, en y regardant de plus près, il ne faisait aucun doute que ce gros tas ressemblait à un corps. On discernait ce qui pouvait être une main, énorme et noueuse. Et, ouverte vers le ciel, une gueule, à la bouche déformée, sans yeux. Il n'était pas possible que ce soit le fruit du hasard, que ce tas de terre ait la forme d'un homme par simple coïncidence. C'était trop ressemblant. Ils avaient là, à leurs pieds, les restes un peu affaissés du golem. Le vieux Fosquin l'avait eu. Le combat avait dû être d'une violence sauvage et personne ne pouvait s'expliquer comment le vieillard avait pu faire face à cette bête de glaise.

Les villageois faisaient cercle autour de ces deux corps, en silence. L'incrédulité et la fascination étaient palpables. Personne n'osait parler. Personne ne savait que faire ni par où commencer.

C'est alors qu'il se passa quelque chose qui les sortit de leur stupéfaction. D'un coup, la masse de terre frémit. Un très léger mouvement la parcourut de haut en bas. On aurait dit un blessé qui râle ou grelotte. Tous les villageois le virent et tressautèrent en même temps. La chose qu'ils avaient devant les yeux vivait encore. Elle allait peut-être se lever et tenter de les engloutir.

Par chance, il y avait ce jour-là, parmi les badauds, le capitaine Dastorel. Il avait été appelé par les villageois de Saint-Brumer. Depuis des mois, tous les jours, des paysans venaient le trouver pour lui parler d'événements étranges : disparition de personnes, massacre de bétail, hurlements de bêtes… Au début, il avait levé les yeux au ciel en disant qu'il avait autre chose à faire. Mais les paysans continuaient à venir, l'interrompant sans cesse, demandant audience en pleine nuit, lui rebattant les oreilles d'une malédiction qui frappait la région et tuait aussi bien les soldats que les civils. Lorsqu'un matin on vint le trouver pour lui dire que quelque chose avait été trouvé, il céda à la curiosité. Il fit seller son cheval, siffla son aide de camp et vint rejoindre l'attroupement de badauds.

Comme les autres, il fut saisi d'épouvante à la vue du corps supplicié du vieillard et stupéfait devant la masse immense de terre qui avait la forme d'un corps. Il n'y comprenait rien mais devait bien s'avouer qu'il y avait là quelque chose d'étrange qui défiait la raison. Lorsque la terre frémit, il sursauta comme tout le monde, mais fut le premier à réagir :

"Il faut le disloquer", dit-il avec une voix décidée qui redonna confiance à tous ceux qui l'entouraient.

Il ordonna alors aux hommes qui étaient là de faire comme lui. Chacun s'attaqua à un morceau du géant. Six volontaires plongèrent, à sa suite, les mains dans la glaise froide. On aurait dit sept chirurgiens macabres penchés sur le corps d'un éventré. La terre, noire et humide, fut difficile à disloquer, mais ils y parvinrent. Lorsque chacun eut fait un tas, l'un avec ce qui devait être la tête, un autre avec un bras, ou une jambe, le capitaine ordonna aux femmes d'aller chercher dans les fermes les plus proches des sacs de toile de jute.

Elles partirent en courant. Jeanne resta sur place. Il aurait été trop long d'aller jusque chez elle et de revenir, et puis elle ne pouvait décrocher ses yeux du spectacle de son père empalé et de cette masse étrange que l'on venait de disloquer. Elle voulait savoir ce qui allait advenir. Ils attendirent une bonne demi-heure, dans le froid du matin. Pendant ce laps de temps, personne n'osa parler. Ils restèrent comme ils étaient : penchés sur les deux corps, à la fois prêts à bondir et un peu terrorisés. Etrangement, personne ne songea à désempaler le vieil homme. Pour chacun d'entre eux, il était évident qu'il ne fallait toucher à rien, que le moindre mouvement risquerait de provoquer quelque chose qui les dépasserait. Ils restèrent ainsi, dans un silence peureux, puis, enfin, les femmes revinrent avec les sept sacs demandés.

Chaque sac fut rempli avec un des tas, puis le capitaine regarda autour de lui :

"J'en prends un, dit-il, mais il faut six autres volontaires."

Et comme personne ne bougeait, il expliqua son idée :

"Si vous êtes comme moi et que vous croyez à ce que vous avez vu, il n'y a pas mille solutions : que chacun prenne un morceau de cette chose pour qu'elle ne puisse jamais se reconstituer. Chacun devra le conserver précieusement, dans une caisse en bois clouée, pour que cette glaise jamais ne revienne à la terre. Vous comprenez ?"

Alors, les paysans taiseux se décidèrent. Chacun vint prendre un sac. Ils le firent avec résignation et dégoût. Germain Bricombes fut un d'entre eux. Il emporta un sac pour que le golem soit à jamais disloqué et que la terre d'Artois ne soit plus parcourue par ce monstre capable d'engloutir les hommes et de faire trembler la charpente des fermes.

"Ne me regardez pas ainsi."

Cela faisait plus de deux heures que le vieux paysan parlait. Il avait vu dans mes yeux un mélange de stupeur et d'incrédulité, et cela l'avait irrité. Il se versa un grand verre de vin et le but. Je le regardai en silence. Cet homme avait la rusticité des paysans mais il n'avait pas l'air dément. A cet instant, il reprit la parole.

"C'est à cela qu'elle a travaillé, la terre. Durant toutes ces nuits d'hiver et de pluie. Elle a ramassé un bloc glaiseux de tourbe noire et l'a pétri avec rage. Au début, il était lourd et grossier. Il ne pouvait faire que quelques mouvements. Mais elle a persévéré et il s'est affiné. Elle l'a assoupli et fortifié, jusqu'à ce qu'il soit prêt à arpenter son domaine. Il est sorti la nuit. C'est lui qui tuait les bêtes et égorgeait les paysans. Il courait dans la boue comme un fauve. Elle l'a construit pour qu'il tue. Il était rapide comme un lièvre et puissant comme un cheval de trait. Il allait de plus en plus vite, connaissait de mieux en mieux chaque colline, chaque parcelle de terre. C'est lui qui s'est rué sur la tranchée des Bleuets, le poste le plus avancé de toute la région. Les soldats, là-bas, étaient à quelques mètres des lignes ennemies. Ils furent avalés en une fraction de seconde. Un matin, une estafette venue, à plat ventre, distribuer le courrier trouva la tranchée horriblement silencieuse. Tous les gars étaient à terre, bouche ouverte. L'état-major conclut à une attaque aux gaz mais ce n'était pas ça. Les villageois qui furent chargés d'enterrer les corps deux jours plus tard le virent bien : toutes les victimes avaient les os brisés, comme si elles avaient été broyées et disloquées par une roue énorme. Aucun gaz ne fait cela. C'était lui, le golem de boue. Après, le géant a pris goût à ses chasses. Il a étendu son territoire et a frappé de plus en plus souvent. Il ne faisait aucune distinction entre le front et l'arrière. C'était la même chose. Il faisait irruption dans les fermes et mettait tout par terre. L'état-major parlait de soldats allemands qui maraudaient comme des Barbares. Il expliquait aux civils que c'était ce qui se passerait sur tout le territoire si on ne repoussait pas l'envahisseur. Nous, nous baissions la tête sans rien dire mais nous savions que ce n'était pas cela."

"Est-ce que cela veut dire… ? demandai-je sans finir.

— Quoi ? répliqua-t-il avec mauvaise humeur.

— … que vous avez une de ces caisses ?"

Il ne répondit pas tout de suite. Il grommela d'abord des paroles incompréhensibles, puis reprit :

"Il fallait bien des volontaires ? Je n'étais pas chaud mais j'ai fait ce que j'avais à faire. Si vous aviez vu le vieux Fosquin empalé comme un épouvantail, je vous assure, vous auriez fait comme moi... Personne n'avait envie que la chose capable de faire cela continue à se promener dans les champs... J'ai pris un sac, oui, et arrivé chez moi, la première chose que j'ai faite, c'est de construire une caisse en bois clouée. De la taille d'un cercueil d'enfant, si vous voyez. Je l'ai mise en haut, dans une pièce fermée à clef, et elle n'en a plus bougé. Je jure. Pendant des mois, tout a été bien, et je n'y pensais même plus. Et puis j'ai recommencé à avoir peur. Je n'ai pas honte de le dire. Ceux qui ont vu ce que j'ai vu savent de quoi je parle et qu'il n'y a pas de honte à trembler devant ça. J'ai cru que ça allait passer, que j'avais rêvé. Mais non, c'est devenu de plus en plus régulier. Je n'ai pas dormi depuis ce jour-là, ou que comme un chat, là, assis à la table de la cuisine, prêt à bondir.

— Cela fait combien de temps ? demandai-je avec pitié.

— Environ dix jours. Je ne travaille plus. J'ai laissé les champs. Je ne sors plus d'ici. Et même quand je passe d'une pièce à l'autre, je prends mon fusil."

Il marqua un temps. Visiblement, avouer sa peur lui avait fait du bien. Il leva encore les yeux sur moi et, cette fois, son regard était celui d'un enfant qui supplie qu'on l'aide.

"Vous savez quoi ? demanda-t-il.

— Non, fis-je avec compassion pour ce vieux corps hanté de terreurs.

— Je n'ose plus monter là-haut.

— A l'étage ?"

Il fit oui de la tête et me regarda avec des yeux de condamné à mort qui cherche un peu d'aide dans le regard de ceux qu'il croise sur le chemin de l'échafaud.

"La caisse bouge, je vous dis. Et Dieu sait comment je finirai."

A cet instant, je l'avoue, tout se bouscula en moi. Je pris peur. Mes mains se mirent à trembler. Je jetai des coups d'œil inquiets aux quatre coins de la pièce. Une partie du golem était là, au-dessus de ma tête. J'aurais dû en rire. Tout cela était ridicule, des histoires pour enfants. Mais j'étais agité. Et le vieux le vit. Il me parla tout à coup comme à un homme qui partage ses doutes.

"Au début, dit-il, j'ai été comme tout le monde, terrifié par ce que la terre avait fait : le meurtre des soldats dans les tranchées, les massacres en pleine nuit, dans les fermes... Mais j'y ai repensé et vous savez quoi ?..."

Il se tut pour me laisser le temps de répondre à sa place, mais je restai silencieux et il poursuivit.

"... Pourquoi ne le ferait-elle pas ?..."

Il posa la question en souriant comme le ferait un profanateur d'église.

"Ecoutez ce qu'on lui met, à la terre, dit-il en faisant un signe en direction de la fenêtre qui continuait à tinter au gré des explosions. Encore et encore, jour après jour. Ça fait des mois que ça dure."

Au loin, le canon continuait à gronder. Il n'avait pas cessé durant tout notre entretien. La plupart du temps, je ne l'entendais même plus. Au camp, cela ne m'empêchait plus de dormir, c'était plutôt le silence qui, parfois, me faisait me lever en sursaut – comme tous les autres gars du rang d'ailleurs – car, dans ces moments de quiétude subite, nous avions tous peur que l'ennemi ne se prépare à l'assaut.

Cela tonnait, oui, et chaque nouvel obus plongeait dans la terre et soulevait d'énormes gerbes de feu et de gravats. Des mois entiers que la terre était labourée par la mitraille.

“Vous êtes allé au front ?” me demanda encore le vieillard.

J'acquiesçai en silence. Il poursuivit :

“Vous avez vu à quoi ressemble la terre là-bas : on dirait qu'elle a chopé la petite vérole. Des trous, des crevasses, à perte de vue. Plus un arbre. Plus une motte d'herbe. On l'a calcinée et chaque jour on l'éventre un peu plus. Alors dites-moi : pourquoi elle ne voudrait pas nous tuer à son tour ? Il faut bien que cela cesse un jour, non ?”

Je ne répondis rien car à cet instant j'étais incapable d'articuler un mot. Il avait raison. Les hommes allaient se battre, saison après saison, se perçant la chair les uns les autres. Personne ne gagnerait. Tout le monde s'était enterré trop profondément pour qu'une victoire soit possible. Alors, le golem, oui, pourquoi pas ? Qu'il écrase tout jusqu'à mettre en déroute nos troupes et les leurs. Que la terre reprenne ses droits et qu'on en finisse. Ce n'était pas plus fou que le reste.

C'est alors qu'en plein milieu de la nuit, le rythme des obus se mit à s'accélérer. Les détonations se firent de plus en plus fortes. Les Boches augmentaient les charges et allongeaient le tir. Nous dressâmes tous les deux l'oreille, comme des chiens aux aguets qui essaient d'identifier un bruit dans les sous-bois, espérant que ça ne soit qu'un spasme plus violent que les autres. Mais l'intensification se poursuivait. C'est le vieux qui parla en premier :

"Merde, lâcha-t-il avec un mélange d'étonnement et de fatigue, on dirait que cette fois ils mettent le paquet."

Je me levai d'un bond.

"Il faut que je retourne à la tranchée !"

Au moment où j'allais enfiler mon parka, encore humide de ma longue marche sous la neige, un obus explosa à moins d'un kilomètre. Les fenêtres tremblèrent longuement, comme un lustre de cristal que l'on agite.

"Ils allongent, maugréa le vieux. A ce rythme-là, dans dix minutes, ils pilonnent le hameau."

J'allais le saluer en vitesse pour filer lorsque, tout à coup, il se figea, la bouche grande ouverte, dans une expression de terreur que je n'avais jamais vue. Je crus que la perspective de l'attaque ennemie le terrifiait et je fus sur le point de lui dire quelques paroles apaisantes sur la valeur de nos soldats qui ne laisseraient pas les Fritz avancer aussi facilement, mais il me devança en me demandant avec une voix déchirée :

"Vous avez entendu ?"

Je fis non de la tête.

"Là ! Vous avez entendu ?" répéta-t-il en montrant du doigt l'étage.

Je me tus pour écouter et j'entendis, effectivement, au-dessus de nos têtes, des bruits de pas. Je ne savais que dire, que faire... Je restai immobile.

"Il marche, murmura le vieil homme. Ça y est, la caisse a volé en éclats !"

Avant que je puisse faire quoi que ce soit, il saisit son fusil et sortit. J'étais seul dans la cuisine. Je pris le temps d'écouter encore et j'entendis à nouveau, très distinctement, le bruit claudicant des pas. Ils étaient lourds et irréguliers. A cela s'ajoutait que l'on tapait contre le mur. La chose, là-haut, cherchait un moyen de s'enfuir. Elle allait et venait comme un aveugle pris au piège. A moins que tout ceci ne soit que l'histoire d'un fou et qu'il n'y ait, au fond, qu'un homme, ou une vieille femme, à l'étage. Toute cette histoire de golem n'était peut-être que le récit dément d'un vieillard terrorisé par la guerre...

Je sortis à mon tour pour rejoindre mon hôte et pour que nous puissions monter ensemble. Dehors, la neige avait laissé place à une pluie froide. Je pensais le trouver devant la porte, accroché à son fusil, mais il n'y avait personne. Je fis le tour de la ferme, en l'appelant. Le grondement des obus était maintenant permanent. Le ciel était secoué de décharges électriques.

Lorsque je trouvai le vieux, il était accroupi contre le mur de sa ferme. Je le hélai, il se retourna avec des yeux de fou et me demanda :

"Vous croyez que ça brûle, la terre ?"

Il avait mis le feu à sa ferme. Cela crépitait déjà cinquante mètres plus loin et il venait d'allumer un second foyer. Sa propre maison commençait à brûler sous les flammes. Il me regardait avec un sourire de dément, comme victorieux.

"Qu'est-ce qui vous prend ?" dis-je en me précipitant sur les flammes pour essayer de les étouffer avant qu'elles ne soient trop grandes. Je ne fis pas attention à lui. Il se plaça derrière moi et, tandis que je m'agitais autour du foyer, il me donna un violent coup de crosse sur la nuque. Je tombai dans la boue, face contre terre. J'entendis alors sa voix : "Si vous recommencez, je jure que je vous fais sauter le crâne !" Les flammes à quelques mètres de moi commençaient à prendre de la hauteur. Je sentais leur chaleur sur ma joue.

Je ne bougeai plus. Je reculai simplement de quelques mètres, avec des gestes lents, comme une anguille blessée, restant dans la boue pour bien lui montrer que je ne voulais pas me battre. Il avait perdu la raison et roulait de grands yeux. Puis, tout d'un coup, sans rien ajouter, il courut droit dans les bois. Il ne se retourna pas. Il ne dit rien de plus. Il s'éloigna en courant, comme un dément.

Je restai là. Le feu prenait de l'ampleur. La pluie n'y pouvait rien, il léchait les parois avec vigueur et faisait craquer le bois. L'incendie était maintenant lancé et, même en appelant tous les hommes des environs, il aurait été impossible de l'éteindre.

J'étais hypnotisé par le spectacle des flammes. Tout à coup, je vis passer une silhouette derrière la fenêtre du premier étage. Les flammes n'avaient pas encore atteint les pièces supérieures, mais l'air, à l'intérieur, devait déjà être irrespirable. Je fixai la fenêtre avec intensité pour essayer de la voir à nouveau. Mais bientôt des cris se firent entendre, qui me glacèrent le sang. Ce n'étaient pas les hurlements d'un homme, c'étaient de longues plaintes ancestrales qui faisaient vibrer le sol sous mes pieds.

En entendant cela, je n'y tins plus. Mon esprit vacilla. J'étais seul. Je me mis à balbutier. La folie s'emparait de moi. Il me sembla que je devais impérieusement me dénuder, sans quoi la chose, là-bas, me verrait et m'engloutirait. J'enlevai ma chemise, puis mon pantalon et mes bottes, comme si le tissu me brûlait. Bientôt je fus nu. La pluie me ruisselait sur le dos. Je gesticulais comme un diable en proie à une agitation profonde. La terre me maculait le corps. C'est ce que je voulais, je crois, m'allonger tout entier comme pour me confondre dans la boue. Oh, j'étais fou, oui, et je ne pouvais plus quitter la ferme des yeux.

Je le vis à nouveau. Il était descendu dans la cuisine. La pièce où nous avions tant parlé était maintenant le cœur de l'incendie. Il était au milieu des flammes. C'était un être immonde, courbé et glaiseux, avec une tête difforme faite de bosses et de mottes de terre noire, un être qui ouvrait grande sa gueule et frappait les murs de ses poings. Je ne pouvais plus le quitter des yeux. Il courut vers la fenêtre, prit son élan et la traversa, emportant avec lui mille étincelles et bris de verre.

Je baissai la tête, terrifié à l'idée qu'il me voie. Je priais. Je tremblais. La pluie me fouettait le dos.

Je ne sentais plus que l'odeur de la terre tout autour de moi. La guerre continuait au loin. Tout était crépitement de flammes et impact d'obus.

Je suis resté ainsi toute la nuit, sans pouvoir bouger. Il a dû partir, puisqu'il ne m'a pas broyé les os. Je sais que je ne me relèverai pas. Je finirai à terre, enlisé dans cette boue à quelques mètres de la ferme calcinée. Des hommes viendront peut-être au matin qui m'aideront à me relever et essaieront de panser mes plaies et de me rhabiller. A moins qu'ils ne m'accusent d'avoir mis le feu et déserté mon poste. Des hommes viendront peut-être alors qui m'emmèneront pour me fusiller comme on le fait avec les lâches et les voleurs. Je ne sais pas ce qu'est devenu le vieux fermier. Il s'est peut-être fait sauter la cervelle dans un sous-bois. A moins que la bête ne l'ait rattrapé et qu'on ne finisse par le retrouver, comme le père Fosquin, empalé à une queue-de-cochon. Peu importe. Je ne le reverrai plus. Je ne crois pas que j'aurai la force de me relever. Je vais rester ici, les mains sur la tête, pour me protéger des bruits terrifiants qui m'entourent. Je sais ce qui court dans nos campagnes. Je sais que la bête est en chasse à nouveau. La terre est debout. Elle gémit, elle crache. Elle veut écraser les hommes du poing comme on le fait des insectes, tous ces hommes qui lui courent sur le dos et la blessent de mille petites explosions. Elle va rôder, et partout où elle ira, elle engloutira ceux qu'elle croisera. Le monde va plonger dans la tourmente car la terre nous vomit. Nous l'avons offensée et son fils de glaise court dans les champs, le pas lourd, impatient de nous tuer.

Je pressens ce que sera le monde de demain. Nous lui serons odieux. La terre, déjà, s'est révoltée, ce sera bientôt le tour des forêts, des flaques d'eau, du ciel. De partout naîtront des monstres claudicants à la bouche tordue qui se rueront sur nous avec haine. Les arbres se tordront et gémiront. Ce sera l'heure de leur vengeance. Tout sera puant et vicié : l'air que nous respirerons, l'eau que nous boirons. Nous sommes devenus odieux au monde et tout va bientôt se rebeller. Les golems seront nombreux. Ils démembreront nos pauvres soldats terrorisés. Ils écraseront les fermes et tueront le bétail. La désolation est sur nous, car qui, parmi nous, sait le moyen de les terrasser ? L'homme a offensé les éléments et ne sait plus comment les apaiser. Le vieux Fosquin connaissait encore les gestes et les paroles capables de renvoyer les monstres au néant. Je ne sais rien, moi. Il ne nous reste que la peur. Je reste à terre. Je sens qu'il n'y a rien que je puisse faire. Le monde bruit et frémit. Je ne sais pas l'arrêter. Il enfle et se gonfle. Les nuages roulent. Les pierres craquent. Le vent se lève. Je reste à terre. Le monde est impatient de nous effacer. Je me tais. Je sais que, désormais, la peur ne me quittera plus. Jusqu'au bout de ma vie. La peur. Et rien d'autre.

2007-2009
(Paris)

TOMBEAU POUR PALERME

Aux seuls véritables
hommes et femmes d'honneur de Sicile.

Tu sors de l'appareil, mon frère. Tu remets, malgré la chaleur du soir, la veste que tu avais ôtée dans l'avion. Ta femme te suit de près, puis viennent les hommes de ton escorte, aux costumes sombres et aux visages tendus.

Vous descendez la passerelle jusqu'au tarmac. L'air de Sicile, avec sa chaleur lourde, vous embrasse. Il a dû faire beau aujourd'hui. Cela se sent dans l'air. Une belle journée de mai qui a fait sourire les collines.

Les voitures attendent sur la piste d'atterrissage. Trois voitures de couleurs différentes. Tu montes avec ton épouse et ton garde du corps dans celle du milieu. Une dernière fois l'odeur de kérosène te parvient, avant que tu ne claques la portière.

Les trois véhicules démarrent en trombe en direction de Palerme. Tu n'as pas le temps de voir le mont Pellegrino qui te contemple avec hostilité.

Vous roulerez vite. Comme d'habitude. Cela fait plus de dix ans que tu roules vite partout où tu vas, plus de dix ans que tu te déplaces en convoi comme aujourd'hui, toute sirène dehors, plus de dix ans que les voitures que tu dépasses sur les autoroutes se poussent sur les voies de droite en tressaillant.

Tu laisses derrière toi l'aéroport de Punta Raisi sans te douter qu'un jour cet aéroport portera ton nom et le mien, parce que nous sommes jumeaux, mon frère. Aéroport Falcone et Borsellino. Jumeaux jusque dans la mort. Tu ne te doutes pas que ceux qui sont montés dans la voiture du milieu avec toi et ceux de la voiture de devant n'ont plus que quelques minutes à vivre.

Tu conduis. Tu te concentres pour ne pas laisser trop de distance entre toi et la voiture de devant. Si tu savais, bien sûr, tu ferais autrement. Tu t'arrêterais et marcherais sur le bas-côté de l'autoroute pour sentir la terre sous tes pieds. Tu regarderais la mer, fumerais une cigarette, tu embrasserais une dernière fois du regard les paysages de ce pays que tu aimes. A moins que tu ne prennes ta femme dans les bras pour lui demander pardon. Car elle va mourir, elle aussi – sur le coup. Mais peut-être ne pourrais-tu pas soutenir son regard, comme tu ne pourrais pas soutenir celui des hommes qui te protègent jour et nuit et qui vont bientôt laisser derrière eux des veuves et des enfants qui grandiront sans père et que les autres gamins, à l'école, regarderont avec une sorte d'admiration mêlée de crainte – comme si le malheur était contagieux.

Peut-être ne ferais-tu rien. Si on te disait que tu allais mourir, là, sur cette parcelle d'autoroute, qu'il ne te restait plus que quelques minutes à penser, à respirer, à être un homme qui a un peu chaud dans la voiture aux vitres fermées, peut-être déciderais-tu de ne rien faire. Ne pas arrêter la voiture, ne pas prendre ta femme dans les bras, ne rien contempler du pays qui t'entoure, juste continuer à appuyer du pied droit sur l'accélérateur, rouler à toute vitesse, et entrer dans la mort ainsi, à cent soixante kilomètres-heure, sans trembler, sans hésiter, comme un taureau qui charge. Au fond, c'est ce qui te ressemble le plus.

Tu vois, au-dessus de l'autoroute, la pancarte qui annonce la sortie de "Capaci". C'est un endroit où tu n'es peut-être jamais allé. Tu ne sais pas que ce nom sera désormais celui de ta mort. Tu ne sais pas que, bientôt, les caméras de télévision filmeront jusqu'à plus soif cet écriteau – pour donner un nom à l'horreur. "La tragédie de Capaci." C'est ainsi que ta mort fera le tour du monde. Il n'y aura rien à filmer, que des gravats et des carcasses de voitures calcinées. Il n'y aura rien à filmer que des hommes en uniforme qui feront signe de ne pas filmer et des ambulances à l'arrêt qui resteront silencieuses comme des cercueils.

Etrangement, un souvenir d'enfance a pris possession de ton esprit. Tu repenses aux dimanches midi passés à Sferracavallo, à ces instants suspendus où les adultes desserraient leur ceinture après avoir moucheté d'huile les nappes en papier, où les poissons gisaient dans les assiettes comme des ennemis vaincus – signes que les enfants pouvaient enfin sortir de table pour aller courir sur la grève.

Tu es dur, mon frère. Un homme coriace. Une tonne de tolite ne viendra pas à bout de toi. Pas sur le coup.

A 17 h 59, l'explosion fait trembler le mont Pellegrino. Tout saute à votre passage. La charge, placée sous l'asphalte, vous déchire sans pitié. A 17 h 59, à Capaci, vous venez d'être assassinés. Pendant quelques minutes, il n'y aura plus qu'un grand silence stupéfait, puis les téléphones commenceront à sonner, la nouvelle se propagera, les ambulances hurleront.

Tu es un homme coriace. Tu ne meurs pas sur le moment. Tu mettras deux heures à céder. Deux heures à te battre encore dans l'ambulance, ou deux heures, plus probablement, à agoniser.

Le mont Pellegrino, lui, a à peine sursauté. Des hommes meurent à ses pieds, et s'affolent, et pleurent, des hommes qui ne durent jamais très longtemps. Seule reste la terre de Sicile et la moiteur éternelle de l'air. Le reste, tout le reste se dissipe dans le vent chaud du soir.

Je fume une cigarette en pensant à toi, mon frère. Je suis via Volturno derrière le palais de justice. Je n'ai pas le droit de faire cela, comme je n'ai pas le droit de me promener seul, de faire le marché, d'aller chercher mes enfants à l'école. Je ne sais pas encore qu'il ne me reste que deux mois à vivre. Mais depuis qu'ils t'ont tué, à Capaci, je sais comment je vais mourir. Nous sommes jumeaux. Nous l'avons été dans la vie, menant des existences parallèles de solitude et de peur, nous le serons dans la mort. Les mêmes coups viendront à bout de nous. La même odeur de brûlé nous enveloppera au moment de disparaître. Je serai déchiqueté, moi aussi. Je ne sais pas qui m'accompagnera ce jour-là, qui j'emmènerai dans la mort avec moi – des passants, ma femme, mes gardes du corps –, je ne sais pas et je tremble souvent à cette idée mais ce dont je suis sûr, c'est qu'ils me tueront comme toi, à l'explosif, pour signer leur crime et proclamer leur victoire.

Le jour de tes obsèques, je n'ai pas pleuré. J'ai serré les mâchoires. J'étais obsédé par l'idée que les assassins, sûrement, regarderaient les images de la cérémonie à la télévision et je ne voulais pas leur offrir ce spectacle. Il ne faut pas pleurer, pas devant eux. Plus tard, oui, chez moi, autour de la table de la cuisine, avec la famille et les hommes de la cellule que j'avais invités, là oui, j'ai beaucoup pleuré, et tu le sais.

Je pense à ma mort prochaine. Je sais que le jour de mon assassinat est proche. Je voudrais mourir seul, sans escorte, sans famille, n'emmener que moi dans l'air suffocant de l'explosion. C'est pour cela que je m'éloigne de tous ceux qui m'aiment. Toi aussi, tu connaissais cela : la tentation de n'être plus rien pour personne. Etre dur – toujours plus dur – pour qu'ils n'aient plus aucune prise sur nous. Mais peut-on être ainsi ?… Et si l'on y parvient, est-ce que ce n'est pas une défaite ?…

J'écrase ma cigarette et je fais quelques pas. Je descends la via Porta Carini. Je m'approche du marché. Je ne vais nulle part. Je veux juste marcher et mesurer ma peur. J'avance. Il fait chaud. Le bruit des échoppes se rapproche. Je repense à tes obsèques, à la foule immense pressée devant la cathédrale de Palerme, à l'Italie entière qui pleurait de rage, les poings serrés devant le poste de télévision. Y aura-t-il autant de monde aux miennes ? Qui aidera ma fille à marcher derrière le cercueil ? Qui s'occupera de savoir si ma femme a besoin d'argent ou de quoi que ce soit d'autre ?

J'avais d'abord refusé l'invitation. C'était quelques jours après ta mort et je ne voulais plus sortir, juste me concentrer sur mes dossiers, sans perdre de temps, pour faire tomber ceux qui t'avaient tué. Travailler jour et nuit pour les trouver, les juger, leur faire payer. J'avais d'abord décliné, arguant du manque de temps, de la masse de travail et puis, au fil des jours, ce refus ne me laissait pas en paix. Alors un matin, j'ai téléphoné à l'université pour dire que, s'ils acceptaient, je pouvais venir le jour même.

Lorsque je suis entré dans l'amphithéâtre, tu sais ce qui m'a frappé ? La jeunesse des étudiants. J'ai souri imperceptiblement. C'est bien, me suis-je dit. C'est cela que je viens chercher. Le directeur de l'université avait cru bon de préparer un discours. Il s'est lancé dans une présentation interminable et rebutante. Je n'écoutais pas. Je pensais à toi, mon frère. J'observais les visages face à moi. Y en avait-il un parmi ces jeunes gens que cette conférence allait bouleverser ? Y en avait-il un qui déciderait, à la suite de cet après-midi, de venir rejoindre nos rangs ? Lequel ? Le petit brun aux cheveux courts qui faisait tourner son stylo entre ses doigts ? Ou la jeune fille au sourire sérieux ? Y en avait-il un ? Est-ce que c'était pour cela que j'étais venu ? Recruter du sang neuf ? La voix du directeur me rattrapa d'un coup. *Pietro Scaglione... Ninni Cassarà...* Ce sont des noms que je connais. Il les égrenait avec une voix sourde. *Emanuele Basile*. Oui. Je les connais. Tous morts. Le recteur avait entrepris de se lancer dans une vaste rétrospective historique de la lutte contre *la bête*. Tous morts. Tous tombés sous les coups de *la bête*. Il continuait sans se rendre compte de ce qu'il faisait : il croyait glorifier ces hommes mais ce que l'auditoire entendait, c'était que le combat était vain, que *la bête* finissait toujours par vaincre. *Carlo Alberto Dalla Chiesa. Cesare Terranova*, assassiné en 1979 avec son garde du corps. *Rocco Chinnici*, mort dans l'explosion d'une voiture piégée devant sa maison avec les deux hommes de son escorte, en 1983. Tu te souviens d'eux, mon frère ? Nous les avons connus. Nous avons travaillé pour eux, avec eux. *Pio La Torre*. Et puis, il a ajouté ton nom. *Giovanni Falcone*. J'aurais aimé qu'il ajoute le nom de ceux qui t'accompagnaient. *Francesca Morvillo. Vito Schifani. Rocco Di Cillo* et *Antonio Montinaro*. Tu aurais aimé qu'ils soient cités eux aussi. Il y a eu un silence un peu long. Je me suis imaginé qu'il allait ajouter le mien pour clore la liste mais il ne l'a pas fait. Ce n'était pas la peine. Tout le monde, dans l'amphithéâtre, avait compris. Tout le monde pensait à cela : que je serais le prochain.

J'ai failli sortir. Sans rien dire. Juste sortir. Mais j'ai serré le poing. Je me suis raidi. Le directeur m'a invité, d'un petit geste qui se voulait amical, à m'approcher du pupitre. Alors je me suis levé, hésitant. Une seconde, j'ai été tenté de commencer en lançant que les "meilleurs meurent et que les autres font des conférences", mais je ne l'ai pas fait. Je n'avais pas envie de faire rire, ni de mentir, ni de parler des jours meilleurs qui viendront bientôt, de cette Sicile à laquelle nous rêvons... Cela fait longtemps que je ne rêve plus à la Sicile. J'ai eu envie d'être dur, mon frère. Je sais que tu aurais compris, toi. *Giuseppe Impastato*. *Placido Rizzotto*. Je me suis approché. La liste des noms tournait encore dans ma tête. J'ai commencé à parler, lentement d'abord, puis avec de plus en plus d'assurance. La fatigue a disparu. J'ai parlé du temps qu'il fallait pour former un bon juge. Des années. Des dizaines d'années, d'études d'abord, puis de pratique. Puis j'ai parlé du temps qu'il fallait pour le tuer : une seconde à peine. Il ne faut que la volonté, l'occasion et une arme. Souvent pour que ces trois choses soient réunies, il faut de l'argent. J'ai parlé alors de l'argent et ce fut pour dire à quel point les hommes de *la bête* en ont plus, infiniment plus que les services administratifs chargés de les combattre. La balance est toujours déséquilibrée, que ce soit pour le temps ou pour l'argent. C'est ainsi. Il faut le savoir. L'assistance est restée muette. J'ai regardé tous ces jeunes gens, calmement, et j'ai repris la parole. Ma voix, à cet instant, était ferme et convaincante. Je le sentais. "Il faut être nombreux." C'est ce que je leur ai dit. “Il faut être nombreux parce que les hommes de la bête seront toujours plus riches et plus rapides que nous.”

Plus tard, lorsque j’ai descendu les marches de l’estrade en direction de la porte de sortie, l’ensemble de l’amphithéâtre s’est levé. Cela m’a troublé. Je me suis immobilisé. Tu sais à quoi j’ai pensé ? Oui, tu le sais, mon frère : à l’image exacte de mes funérailles. Ils se sont levés comme on enlève son chapeau au passage d’un corbillard. Un homme leur a parlé pendant une heure puis est retourné à sa vie de vitre blindée en attendant le jour où la balle qu’on lui réserve lui fera exploser le crâne. Ils se sont levés pour le saluer avant qu’il ne retourne au néant.

Une vespa vient de me dépasser. Je l'ai entendue venir, dans mon dos. Elle s'est approchée, puis a klaxonné – probablement pour que je remonte sur le trottoir, chose que je n'ai pas faite. Elle s'éloigne maintenant. Elle est passée devant moi. Une jeune femme la conduit qui disparaît sans montrer son visage. Je n'ai pas eu peur. A l'instant où la vespa m'a dépassé, je n'ai pas tremblé. C'est la première fois depuis plus de dix ans. Durant toutes ces années, c'est ce qui m'a le plus hanté : une moto qui passe, deux hommes en casque, le passager qui descend, rattrape la cible, lui loge deux balles dans la nuque puis remonte et la moto qui disparaît dans les ruelles de la ville. Tant des nôtres sont morts ainsi. Cela fait dix ans que j'ai peur des motos. Cette fois, non. Ce n'est pas parce que la conductrice a klaxonné, certains tueurs le font. Ils veulent que la victime se retourne, qu'elle soit face au canon à l'instant de mourir. Ce n'est pas une coquetterie d'assassin, c'est une requête du commanditaire. Parfois les vespas klaxonnent ou les tueurs, dans la rue, demandent du feu avant de tirer. Pour que la victime ait le temps d'avoir peur. Là, je n'ai pas eu peur. J'allume une nouvelle cigarette. Peut-être est-ce parce que je sais maintenant qu'ils me tueront comme ils t'ont tué, à la voiture piégée. Plus rien ne sert de trembler à chaque passant qui me frôle, de scruter chaque visage dans la foule. Je serai disloqué par une bombe. Est-il possible qu'il y ait dans cette certitude une forme d'apaisement ? Est-il possible qu'en éloignant de moi toutes les autres peurs, cette certitude me fasse revivre pour le temps qu'il me reste ?

Je pousse encore plus loin. J'avais prévu de ne faire que quelques pas, mais maintenant, je n'ai pas envie de faire demi-tour, pas envie de rentrer au palais de justice et d'affronter les hurlements de mon garde du corps. Est-ce que j'apprivoise, doucement, l'idée de la mort ? Je vais mourir et l'Italie pleurera à nouveau. Un autre que moi reprendra mes dossiers. Lui seul saura véritablement qui j'ai été, quelle succession ininterrompue d'angoisses fut ma vie. Lui seul que je ne connais pas, saura que j'ai eu peur à chaque minute de mes journées mais que j'ai combattu cette peur. Nous nous haïssons plus que de nature. Nous essayons de garder le regard droit et nous maudissons nos jambes qui flanchent parfois. Nous nous haïssons plus que de nature pour nous condamner à cette vie blindée qui ne ressemble à rien.

Des hommes travaillent à me tuer. Comme c'est étrange de penser à cela. J'essaie de les imaginer.

Ils se réunissent, réfléchissent à la meilleure façon d'opérer. Ils s'affairent, dépensent de l'argent – probablement beaucoup d'argent. Ils suent, échouent, recommencent. Ma mort est leur obsession. Toute leur activité pour parvenir à cette seule fin. Combien sont-ils à y travailler ? Ont-ils déjà fixé la date et le lieu ? Un homme, quelque part, négocie le prix du plastic qui me déchiquettera. Un autre, ailleurs, dévisse la plaque d'immatriculation de la voiture qu'ils bourreront d'explosifs. Des hommes travaillent à ma mort. Les mêmes, peut-être, que ceux qui ont travaillé à la tienne, mon frère. Je peux encore leur échapper. Il n'y a qu'une seule façon de le faire : continuer à marcher, ne pas rebrousser chemin, ne plus jamais revenir au palais de justice. Marcher ainsi, dans les rues de Palerme jusque chez moi. Qui oserait me le reprocher ? Qui oserait me traiter de lâche ? Je peux encore tout quitter. C'est facile. Il suffit de marcher, de s'éloigner du bureau où s'entassent mes dossiers. Pourquoi est-ce que je ne le fais pas ? Pourquoi est-ce que je ne me laisse pas la possibilité de voir grandir mes enfants ? Qui me demande de faire ce que je fais ? Je me penche en moi-même pour sonder cette folie qui me fait continuer, mais je ne trouve rien que je puisse comprendre.

“Nous sommes plus siciliens qu’eux.” C’est ce que tu disais, mon frère. J’entends encore ta voix. “Nous sommes durs et tenaces. Nous n’avons pas peur de la mort car nous sommes déjà morts. Notre mépris pour la mort, c’est notre courage.” J’ai aimé ces mots que tu prononçais avec calme et obstination. Ils me rendaient forts. Mais aujourd’hui, je suis seul. Et je me demande simplement si nous ne sommes pas fous. Peut-être, au fond, sommes-nous des hommes qui ne savons que faire d’une vie, qui ne savons que faire d’une femme et d’une famille… Des hommes qui s’ennuient sans peur et se méprisent s’ils n’ont pas devant eux des combats perdus à mener.

Je marche encore. A chaque pas que je fais, je m’éloigne du palais de justice et de ma mort. A cet instant, mes bourreaux ne peuvent rien contre moi. Je marche. Je ne suis plus personne. Si je disparais dans cette foule, ils m’oublieront et je vivrai.

Je me suis réveillé ce matin avec l'envie pressante d'aller chez Toto Pizzo, via dell'Indipendenza. Tu te souviens, mon frère ? Nous y allions souvent ensemble. Puis lorsque tu étais de plus en plus souvent à Rome, j'ai continué à y aller seul. Comme cela me manque… Ces instants-là. Presque rien. Une tranche d'espadon frottée de tomates. Un café bien serré. Le regard de Toto Pizzo, prévenant et discret. Quelques minutes volées au poids des choses qui suffisaient à rendre une journée plus légère…

J'ai dû renoncer à aller chez Toto Pizzo. C'était trop risqué. Ou alors il fallait prévenir à l'avance et faire vider la salle. Nous mangions avec tristesse, dans un restaurant sans bruit, entourés de quatre gardes du corps qui semblaient veiller sur mes couverts. Alors j'ai préféré ne plus y aller. Je me souviens encore d'une des dernières fois où j'avais pu m'y rendre. C'était il y a deux ans, au moins. Toto était venu prendre la commande et m'avait dit avec son bon sourire :

"*Dottore*, on ne vous voit plus… Vous n'iriez pas chez un concurrent par hasard ?…"

Nous avions ri. Puis j'avais dû promettre que je reviendrais. Un jour. Je me souviens, j'avais ajouté : "Quand tout cela sera fini."

Quand est-ce que tout sera fini ? Pourquoi me suis-je levé ce matin avec l'envie de retourner là-bas ? Est-ce le signe que tout s'achève justement ? Et si je marchais jusque là-bas aujourd'hui ? Est-ce qu'ils me tueraient avant que j'aie pu m'asseoir en terrasse et manger une belle tranche d'espadon ? Pourquoi est-ce que je ne le fais pas ? Pourquoi est-ce que je me prive de tout ce qui fait une vie ?

"Quand tout sera fini." Ce jour n'arrivera jamais. La Sicile a toujours le même visage, le même silence au bout des lèvres. Nous mourrons les uns après les autres, dans des flaques de sang qui sont la honte de ce pays. Je pourrais aller jusque là-bas, pousser la porte du restaurant et dire à Toto Pizzo : "Voilà, j'ai arrêté..." Alors oui, tout serait fini mais qui sait ce que je lirai dans les yeux de Toto Pizzo et qui sait quel goût aurait l'espadon, lorsque je serai assis seul sur ma chaise avec la tête penchée et l'œil inquiet de ceux qui ont capitulé.

J'arrive maintenant derrière la cathédrale. Je dépasse un hangar dans lequel sont entreposées les charrettes de Noël. Il y en a de toutes les tailles, peintes en rouge et blanc. Combien de processions ai-je vues ici, à Palerme ? Assis sur les épaules de mon père d'abord, puis tenant ma fille par la main pour que nous ne soyons pas séparés par la foule ? Combien en verrai-je encore ? J'écrase une nouvelle cigarette. Je longe les murs pour rester à l'ombre. La place de la cathédrale est pleine mais personne ne fait attention à moi. Je sens la fatigue dans mes jambes et cela me fait sourire. Depuis combien de temps n'ai-je pas marché ainsi, au point d'en être fatigué ?

Tandis que je traverse la place, une idée tourne autour de moi comme une mouche épaisse qu'aucun geste ne parvient à chasser. Tout le monde est trahi et je le serai aussi. Nous ne savons pas encore qui t'a trahi, Giovanni, mais il ne fait pas de doute que tu l'as été. Sinon, comment auraient-ils su que tu avais atterri à Punta Raisi ? Il y a toujours quelque part un homme qui téléphone à quelqu'un. Une voix secrète et honteuse qui donne une information. Puis tout se met en branle. La mort est lâchée. C'est toujours un proche. Et c'est toujours pour de l'argent ou pour se sortir d'une situation délicate. Ils savent flairer cela : les hommes sur qui ils vont pouvoir faire pression, ceux qui offrent une prise parce qu'ils ont peur, parce qu'ils sont faibles. Qui me trahira ? Est-il possible que ce soit un des hommes avec lesquels je travaille depuis plus de dix ans ? Un de ceux qui étaient à tes obsèques et qui est venu chez moi, plus tard, pour pleurer avec sincérité autour de la table de la cuisine ? Oui. Ce sera forcément un de ceux-là. Quelle somme va-t-il toucher ? Il me semble maintenant que les mouches sont dix, vingt, et qu'elles tournent avec rage autour de moi. Je ne dois pas céder à ces questions sans quoi je deviendrai laid avant de mourir. Que le traître trahisse et qu'il s'étouffe dans sa propre honte pour le restant de ses jours.

Je marche. En traversant la via Vittorio Emanuele et en pénétrant dans le vicolo dello Zingaro, il me semble avoir semé les mouches. Elles doivent être encore là-bas, derrière moi, tournant avec lourdeur dans l'air poisseux du jour. J'arrive maintenant dans les ruelles du marché Ballarò. C'est un fouillis de tentes, de bruits et d'échoppes. On y vend de tout. Des légumes, du poisson, des tripes, des chaussures, des disques et des épices. La foule est dense. Je regarde les visages qui m'entourent. La Sicile est là, qui se presse à petits pas contre moi : les vieilles du quartier, les hommes accoudés aux murs, les marchands avec leur trogne cabossée qui s'époumonent pour vanter leur marchandise. Il y a dans la chaleur qui m'entoure un vent d'Afrique. Palerme est là, dans ses vieux marchés qui survivent à tout. Les gamins, ici, ont, dès leur jeunesse, des airs de comploteurs. Je les connais. J'ai traqué leurs pères, leurs oncles, leurs grands frères, toute ma vie. Ce sont eux les tueurs de demain. Est-ce que Palerme est à eux ou à moi ? Qui est le plus chez lui en Sicile ? Je les regarde : ils ont onze ans, douze peut-être et s'occupent déjà de surveiller un parking ou de tenir une échoppe. Ils apprennent les gestes du crime. Ils se font les dents sur de petits vols et éprouvent le bonheur de l'impunité. Ces rues leur appartiennent, c'est ce qu'on leur a dit. Leurs tuteurs veulent qu'ils se sentent maîtres chez eux et qu'ils apprennent à tout contrôler. Combien d'heures ai-je passées à interroger leurs pères, leurs oncles, leurs frères. "Sanglier blessé terrasse une armée", m'avait dit un d'entre eux tandis que je l'interrogeais avant un procès. Je me souviens encore du sourire provocant avec lequel il avait dit cela. C'était une façon de me menacer : il avait beau être emprisonné, il voulait me signifier qu'il n'avait jamais été aussi dangereux.

J'y crois encore. Je regarde les gamins qui me laissent passer en me scrutant de la tête aux pieds et je me rends compte que j'y crois encore. J'ai envie de me battre. Continuer. Rendre les coups que l'on m'a portés. Sanglier blessé terrasse une armée. C'est moi aujourd'hui le sanglier. Cela me démange, là, dans les gencives : l'envie de mordre. Je les ferai tomber un à un. Ces hommes ventrus qui vivent dans l'impunité. Je vais mettre la peur de leur côté. Je serai têtu et brutal. J'ai encore envie de me battre. Palerme est à moi autant qu'à eux.

Je m'arrête. Je suis arrivé sur le parvis de l'église Ballarò. Cela fait plus d'une heure que je marche. Je ne vais pas continuer à m'éloigner du palais de justice. Je n'irai pas à pied jusque chez moi. Je n'annoncerai pas à ma femme, l'air à la fois coupable et soulagé, que j'ai tout abandonné. Ce n'est pas possible. C'est ma vie. Je ne quitte pas ma vie. Les bruits autour de moi me font sentir la ville. Palerme que j'aime et que je combats. Palerme qui m'a fait et me tuera. Ils veulent nous faire croire que Palerme est à eux parce qu'ils l'ont achetée par la force de l'argent, par la peur et la corruption. Ils veulent nous faire croire que toute la Sicile est une pute et qu'ils seront toujours plus forts que nous parce qu'ils ont plus d'argent que nous. Nous, en face, dans nos bureaux, nous nous accrochons à des notions qui nous sont chères, comme des hommes qui s'accrochent à leur canne sous le vent et nous répétons inlassablement des mots qui sont trop grands pour ce pays mais qui nous donnent du courage : "Etat"... "Justice"...

La vérité, c'est que Palerme n'est à personne. Les pierres des hauts palais nous regardent nous agiter avec l'immobilité du temps. La ville grouille tout autour de moi. Je la sens. Les voitures roulent vite sur la via Roma et la via Maquenta. Le port bruit de mille activités. Les poissons se vendent et les cuisines s'emplissent d'une épaisse odeur de friture. Palerme vit. Comme il est bon de la sentir. Elle est là, ignorante des hommes qui se tuent. Je regarde autour de moi. Je suis bien. Il est temps de revenir sur mes pas. Le palais de justice m'attend, là-bas. Je ne fuirai pas. Je rebrousse chemin. Chaque pas que je fais maintenant me rapproche de ma vie. C'est ainsi. Il n'y a pas de regret à avoir. Je mourrai dans cette ville. J'aurai peur à nouveau, pour moi, pour ceux qui m'entourent. Je travaillerai avec rage. Je passerai des nuits entières dans mon bureau, entouré de gardes du corps patients qui veilleront sur moi comme des nurses. Je tremblerai. J'avancerai dans mes dossiers, trop lentement à mon goût mais tout de même, avec la satisfaction de faire ce que je dois. Il n'y a pas de regret à avoir. Tu n'en as pas eu, toi.

Je ne sais pas, à cet instant, qu'il ne me reste que quelques jours à vivre. Je ne sais pas que je ne vais te survivre que de deux mois. Je ne sais pas que cette heure de marche sera la dernière que je connaîtrai et que j'y penserai souvent dans les jours à venir comme un précieux moment de liberté. Je m'en souviendrai, oui, parce que durant quelques instants, j'ai pensé, j'ai marché, j'ai été à nouveau un homme seul et libre, avec ses souvenirs. La marche de Ballarò est la dernière de ma vie. Désormais tout sera travail et préoccupation. La peur m'attend et s'apprête à m'avaler à nouveau. Je finirai mes jours avec les sourcils froncés, incapable de sourire en journée et de dormir la nuit. Mais cette marche à Ballarò m'aura du moins été offerte et j'aurai eu le temps de me dire adieu. J'ai pris une dernière fois possession de moi-même. Je me suis contemplé tout entier puis j'ai fermé les yeux et je suis reparti au combat. La marche à Ballarò pour penser une dernière fois à toi, mon frère. Mais tout s'achève et je dois revenir. Je rebrousse chemin. Je presse le pas. Je retourne à ma vie. Il n'y a pas de regret à avoir. J'ai hâte de me battre.

Aujourd'hui, mon frère, je me lève et ne me coucherai pas. Je me rase avec calme. Je réponds au téléphone. De bonnes nouvelles : je vais enfin pouvoir entendre des repentis concernant ton assassinat.

Ma mère se lève, aussi, dans son appartement de la via d'Amelio, heureuse parce qu'elle sait qu'elle verra son fils aujourd'hui. Mes visites sont devenues rares. J'ai promis de passer et de l'emmener chez le médecin. La vieille dame se coiffe avec attention.

Après le déjeuner, je monte dans ma voiture blindée, entouré des cinq hommes de mon escorte, Agostino, Walter, Emanuela, Vicenzo et Claudio. La via d'Amelio nous attend, avec sa charge de tolite. Avec ses trottoirs souillés de morceaux de chair. Avec les restes épars et méconnaissables de nos six corps mêlés. La via d'Amelio m'attend avec la bouche grande ouverte de ma mère d'où aucun son ne sort parce qu'elle ne parvient toujours pas à comprendre ce qui vient de se passer en bas de chez elle.

L'explosion a soufflé les vitres de tous les appartements alentour. Son fils qu'elle vient de voir, son fils qu'elle a embrassé, a volé en morceaux, maculant de sa vie les murs de l'immeuble. La via d'Amelio m'attend avec son ballet d'ambulances qui font sonner dans l'air chaud ces quatre notes toujours répétées, entêtantes comme la musique du malheur. Les véhicules de télévision peineront à s'approcher et les images seront toujours les mêmes : des visages déconfits de policiers dans un embouteillage de véhicules.

Nous roulons vite. Comme tu l'avais fait avant moi, Giovanni. Mon frère. En ce jour, je n'ai pas le temps de penser à toi. Mais peu importe. Nous sommes si proches, à jamais. Les voitures se poussent à notre passage. Il me semble parfois avoir passé ma vie à toute allure dans une voiture blindée à essayer de mettre chaque jour en mon cœur autant de courage qu'il y avait de peur.

Je pourrais presque sourire si je savais que j'allais mourir sans ma femme et mes enfants. Je pourrais presque sourire mais je vais emporter avec moi mon escorte. Ces hommes qui ont veillé sur moi nuit et jour vont plonger dans la mort à ma suite et cette pensée me déchire l'âme.

C'est une journée chaude à Palerme. La ville somnole. Elle ne tardera pas à se réveiller d'une énorme détonation. Une tonne de tolite va embraser l'air et calciner six vies. Il ne restera rien de nous, rien à mettre dans nos tombes – et ce sera douleur plus grande encore pour ceux qui porteront les cercueils de sentir leur horrible légèreté.

Je monte chez ma mère. Je lui rends visite. Elle me demande comment je vais, elle s'inquiète. J'essaie de la rassurer. Je lui dis et lui répète que je suis très bien protégé, l'homme le mieux protégé de Sicile…

Si je mourais chez elle, on pourrait dire que la boucle est bouclée : une vie de la mère à la mère. Mais ce n'est pas ce qui va se passer. C'est au milieu des miens que je vais mourir.

Ma visite s'achève. En bas, devant l'immeuble, les hommes de mon escorte viennent d'être prévenus par talkie-walkie que la visite familiale est terminée. Un garde du corps descend l'escalier avec moi. Les autres sortent des voitures, ouvrent les portières. Les moteurs sont allumés. Les hommes sont tous là, à attendre, à l'endroit même où, quelques mois plus tard, nos familles réunies poseront une stèle, simple et modeste, avec juste nos prénoms à tous gravés dans la pierre.

J'apparais dans l'embrasure de la porte de l'immeuble. L'air de la ville est chaud. J'allume une cigarette et je me dirige vers la portière ouverte. Elle ne se refermera jamais. La via d'Amelio explose tout entière, réveillant sur des centaines de mètres alentour les sirènes des voitures.

Nous mourons tous. En une seconde. Sans avoir eu le temps de nous regarder les uns les autres. Nous partageons ce que nous avons tant redouté : la mort en lambeaux.

Le silence, après l'explosion, est étrange comme une éclaircie après l'averse. Puis monte le cri puissant de ma mère qui vient de comprendre que son fils est mort d'être venu la voir, que des hommes sont morts de l'avoir accompagné, que la Sicile meurt de laisser pareils hommes disparaître. Le cri de ma vieille mère qui maudit Palerme et ceux qui y règnent. La via d'Amelio est déchirée. Le ciel, pendant quelques fractions de seconde, est devenu plus chaud de dixièmes de degré Celsius. Tout s'achève, mon frère. Il ne reste rien ici, de toi, de moi, rien qu'un goût lointain de lutte, et le souvenir de nos vies saccagées.

2006-2010

(Peschici-Paris)

TABLE

BABEL

Extrait du catalogue

1146. CHO SEHUI
Le Nain

1147. CAMILLA GIBB
Le Miel d'Harar

1148. MARIE-SABINE ROGER
La Théorie du chien perché

1149. MARIA ERNESTAM
Les Oreilles de Buster

1150. KHALIL GIBRAN
Les Esprits rebelles

1151. SIRI HUSTVEDT
La Femme qui tremble

1152. JEANNE BENAMEUR
Les Insurrections singulières

1153. MATHIAS ÉNARD
Parle-leur de batailles, de rois et d'éléphants

Ouvrage réalisé par l'atelier graphique Actes Sud. Reproduit et achevé d'imprimer en mai 2022 par Normandie Roto Impression s.a.s à Lonrai pour le compte des éditions Actes Sud, Le Méjan, Place Nina-Berberova, 13200 Arles.
Dépôt légal 1re édition : février 2013.
N° impr. : 2202772
(Imprimé en France)